徳間文庫

禁裏付雅帳 七

仕《し》掛

上田秀人

徳間書店

目次

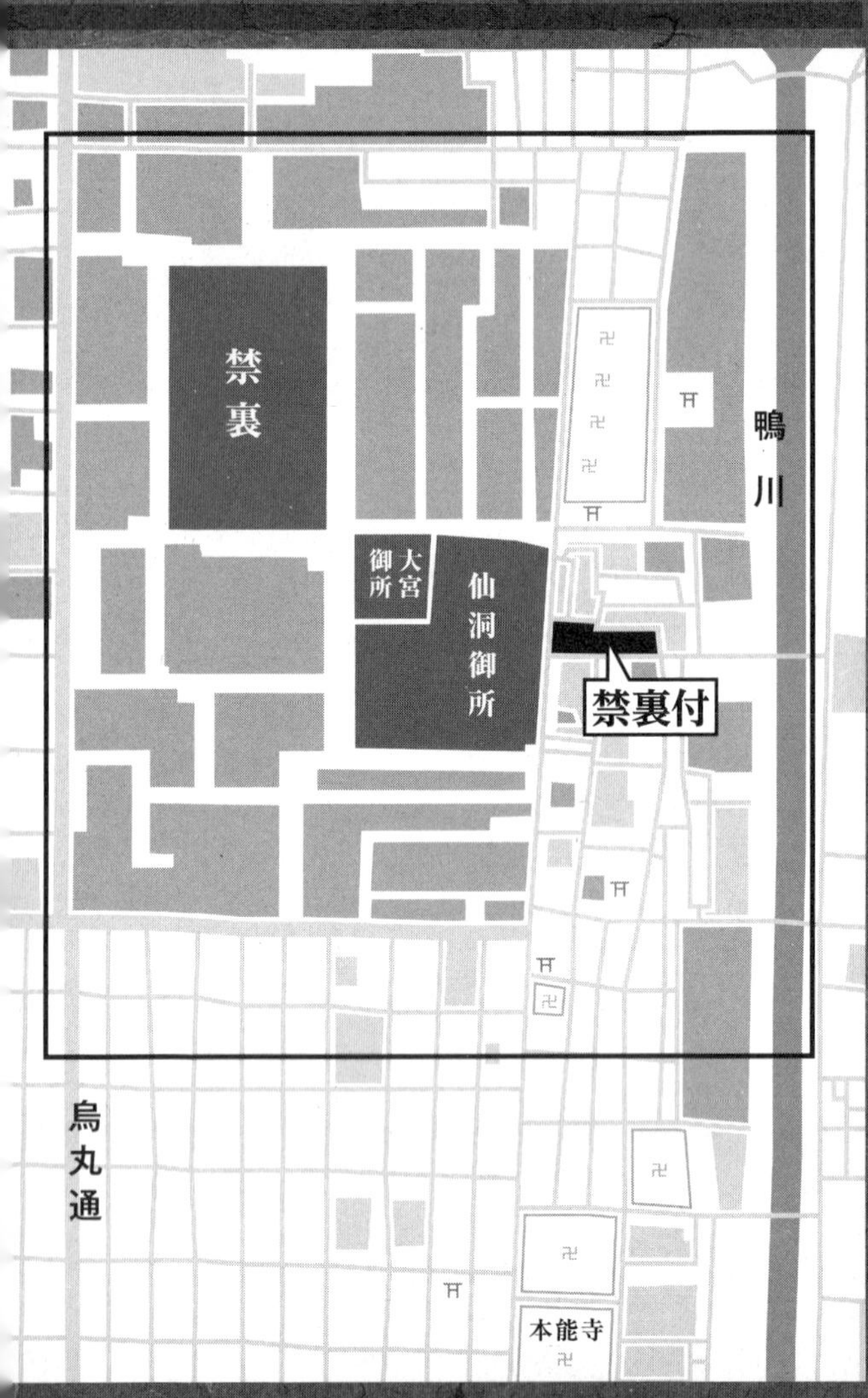

禁裏
大宮御所
仙洞御所
禁裏付
鴨川
烏丸通
本能寺

天明 洛中地図

天明　禁裏近郊図

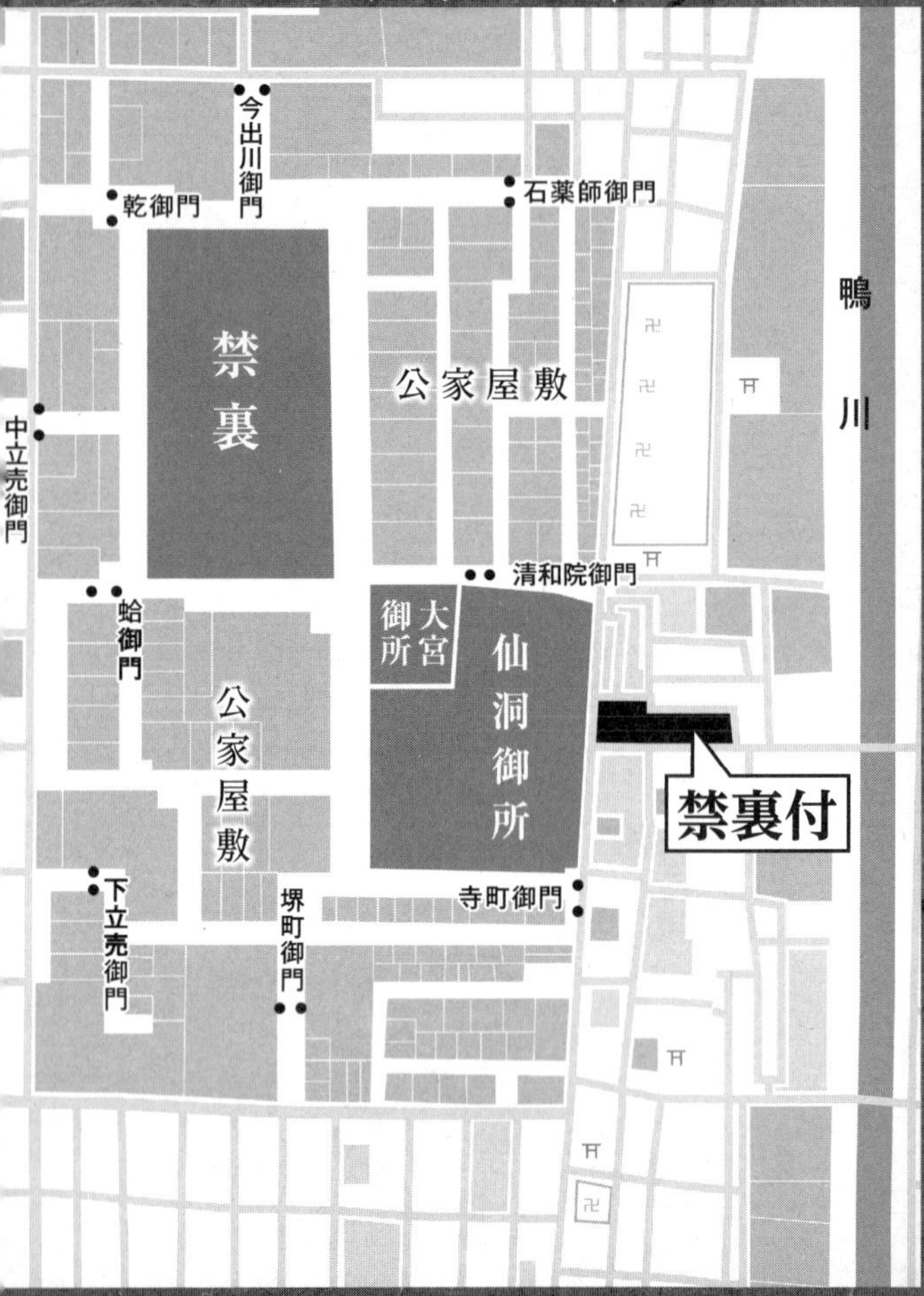
今出川御門
乾御門
石薬師御門
禁裏
公家屋敷
鴨川
中立売御門
清和院御門
蛤御門
大宮御所
仙洞御所
公家屋敷
禁裏付
寺町御門
下立売御門
堺町御門

禁裏（きんり）
天皇常住の所。皇居、皇宮、宮中、御所などともいう。十一代将軍家斉《いえなり》の時代では、百十九代光格《こうかく》天皇・百二十代仁孝《にんこう》天皇が居住した。周囲には公家屋敷が立ち並ぶ。「禁裏」とは、みだりにその裡に入ることを禁ずるの意から。

禁裏付（きんりづき）
禁裏御所の警衛や、公家衆の素行を調査、監察する江戸幕府の役職。老中の支配を受け、禁裏そばの役屋敷に居住。定員二名。禁裏に毎日参内して用部屋に詰め、職務に当たった。禁裏で異変があれば所司代に報告し、また公家衆の行状を監督する責任を持つ。朝廷内部で起こった事件の捜査も重要な務めであった。

京都所司代（きょうとしょしだい）
江戸幕府が京都に設けた出向機関の長官であり、京都および西国支配の中枢となる重職。定員一名。朝廷、公家、寺社に関する庶務、京都および西国諸国の司法、民政の担当を務めた。また辞任後は老中、西丸老中に昇格するのが通例であった。

主な登場人物

東城鷹矢《とうじょうたかや》　五百石の東城家当主。松平定信から直々に禁裏付を任じられる。
温子《あつこ》　下級公家である南條蔵人の次女。
徳川家斉《とくがわいえなり》　徳川幕府第十一代将軍。実父・治済の大御所称号勅許を求める。
一橋治済《ひとつばしはるさだ》　将軍家斉の父。御三卿のひとつである一橋徳川家の当主。
松平定信《まつだいらさだのぶ》　老中首座。越中守。幕閣で圧倒的権力を誇り、実質的に政《まつりごと》を司る。
安藤信成《あんどうのぶなり》　若年寄。対馬守。松平定信の股肱《ここう》の臣。鷹矢の直属上司でもある。
弓江《ゆみえ》　安藤信成の配下・布施孫左衛門の娘。
戸田忠寛《とだただとお》　京都所司代。因幡守。
霜月織部《しもつきおりべ》　徒目付《かちめつけ》。定信の配下で、鷹矢と行動をともにする。
津川一旗《つがわいっき》　徒目付。定信の配下で、鷹矢と行動をともにする。
光格天皇《こうかくてんのう》　今上帝。第百十九代。実父・閑院宮典仁親王への太上天皇号を求める。
土岐《とき》　駆仕丁。元閑院宮家仕丁。光格天皇の子供時代から仕える。
近衛経煕《このえつねひろ》　右大臣。五摂家のひとつである近衛家の当主。徳川家と親密な関係にある。
二条治孝《にじょうはるたか》　大納言。五摂家のひとつである二条家の当主。妻は水戸徳川家の嘉姫《よしひめ》。
広橋前基《ひろはしさきもと》　中納言。武家伝奏《ぶけてんそう》の家柄でもある広橋家の当主。

第一章　将軍の思惑《おもわく》

一

将軍といえども老中たちには気を遣う。

「よしなに頼む」

徳川家康でさえ、酒井雅楽頭忠世《さかいうたのかみただよ》、大久保加賀守忠隣《おおくぼかがのかみただちか》には、腰を低くして応対した。

これは徳川家康が天下を取ったとはいえ、まだまだ安心できなかったからだ。

たしかに家康は、徳川家に対抗しうる上杉家、毛利家などを関ヶ原の合戦で敵対したという理由で大幅に領地を削り、その牙を抜いた。

しかし、まだ薩摩《さつま》には鬼と呼ばれた島津があり、大坂には天下の旗印となりうる豊臣が健在、さらに奥州には天下を虎視眈々《こしたんたん》と狙う伊達がいた。

そのうえ、家康には家臣のほとんどに裏切られた経緯があった。世に言う三河一向一揆である。

織田信長によって今川義元が討たれた桶狭間の合戦のおかげで、ようやく駿河《するが》での人質生活から脱した家康は領国三河へ戻れた。子供のときから帰れなかった三河の国主となった家康は、領地の一向宗に強く出た。

「守護不入の権を取りあげる」

家康は一向宗に与えていた特権を取りあげた。守護不入とは、一向宗の寺、その支配に領主が手出しをしないという約束ごとである。これを利用して一向宗の寺は年貢を好き放題に取り、その金で鉄炮《てっぽう》を買い、牢人を雇い入れて領主へ反抗する。

これを今川から独立したばかりで、勢いに乗っていた家康は奪おうとした。

「仏敵徳川家康を討て」

三河にあった一向宗の寺院の発した檄《げき》に、徳川家の家臣のほとんどが応じてしまった。それだけ徳川の家臣、与力していた国人領主には一向宗に帰依《きえ》している者が多かった。

幸い、家康のもとに残った家臣たちの奮戦、裏切った家臣の気まずさなどもあり、家康は生き残り、三河一向一揆を乗りこえることはできた。

しかし、この事実は家康を打ちのめした。

今川の搾取と傲慢《ごうまん》を受けて、喰うものもなく、戦場での肉盾として消耗させられようとも、いっさい揺らがなかった三河武士の忠義が、一瞬で弾け飛んだ。

家康は、これで家臣さえも信じられなくなり、気遣いをしなければならないと知った。

そのおかげで、徳川家康は天下人となったが、外様《とざま》大名へは強く出られても、家臣へは無理強《じ》いをできなくなった。とくに宿老の地位に就《つ》くほどの名門には低姿勢に出た。

だが、それも三代将軍家光《いえみつ》の時代までであった。一度は廃嫡されかかった家光は、家康以上に徳川家譜代の家臣というものを信用しなくなった。なにせ、熱病で唸《うな》っている家光の看病を放り出して、三代将軍と目されていた弟忠長《ただなが》のもとへ集まっていたのだ。

その様子を死に瀕《ひん》するほどの病いにかかり、もうろうとした意識で認識した家光は、執政を譜代名門から取りあげて、己が見いだした小身者を引きあげて任じた。

松平《まつだいら》伊豆守《いずのかみ》、阿部《あべ》豊後守《ぶんごのかみ》、堀田《ほった》加賀守ら、家光の寵童から立身した者たちは、徳川家への忠義はなく、ただ家光にだけ忠誠を捧げた。

ここに将軍は家臣への気遣いを捨てた。

四代将軍家綱《いえつな》は、ふたたび譜代名門の酒井雅楽頭忠清《ただきよ》に執政を預けたが、それでも出世とは無縁だった酒井雅楽頭を見いだしてのことであり、五代将軍綱吉《つなよし》にいたっては、気に入らなければ譜代の名門であろうが、徳川の一門であろうが、遠慮なく潰し、代わって柳沢《やなぎさわ》美濃守《みののかみ》吉保《よしやす》に代表される寵臣を重用した。

止《とど》めとなったのが、八代将軍吉宗《よしむね》であった。

幼くして亡くなった七代将軍家継《いえつぐ》に跡継ぎがいなかったことで、御三家紀州家から初めて本家へ入った吉宗は、幕政に大鉈《おおなた》を振るった。

代を重ねるとそれがなんであれ、澱《よど》みは生まれる。徳川幕府もご多分に漏《も》れず、入るを計らず、出るを絞らない政策を続け、天下の富を集めた江戸城の金蔵が底を突いていた。

「金のない幕府では天下を押さえきれぬ」

吉宗は金のないことの怖さをよく知っていた。

紀州家二代当主光貞《みつさだ》の子供と認められず、和歌山城下で暮らしていた吉宗は、庶民とのつきあいを持ち、金勘定を知っていた。さらに兄たちの急死で、紀州家の家督を継いだ吉宗は、その財政が破綻《はたん》していることを知った。

「金を遣うな」

まず吉宗はすぐに効果の出る倹約を紀州家全体に課した。率先して木綿ものを身につけ、一汁一菜を実行した吉宗に家臣も従い、紀州家の財政は持ち直した。

その実績をもって将軍となった吉宗は、幕府にも同じ倹約を命じた。

「紀州の田舎と同じにしてもらっては困る」

「これだから、分家の当主は。将軍は金のことなど考えずともよろしいのに」

七代将軍家継のころからの執政たちが、一斉に反発した。

当たり前である。吉宗の言うようにすれば、己たちが幕府の財政管理ができていなかったと認めることになる。それは執政として、無能だというに等しい。

「ならば、辞めよ」

吉宗は躊躇《ちゅうちょ》せず、老中を入れ替えた。

そして、吉宗の倹約は功をなした。上米《あげまい》などという非常な策もとったが、幕府は江戸と大坂の金蔵に数十万両を蓄えるまでに回復した。

これで執政は単なる将軍の意志実行だけの役目に落ちた。

会話のできなかった九代将軍家重《いえしげ》、寵臣田沼主殿頭意次《たぬまとのものかみおきつぐ》にすべてを任せた十代将軍家治《いえはる》という例外もあるが、それは十一代将軍家斉《いえなり》にとってどうでもいい過去でしかなかった。

「越中《えっちゅう》をこれへ」

大奥から将軍家居室お休息の間へ戻って来るなり、家斉が老中首座松平越中守定信《さだのぶ》を呼び出した。

「……お召しと伺《うかが》いました」

しばらくして松平定信がお休息の間下段に現れた。

「遅いぞ、越中」

まず家斉が松平定信を咎《とが》めた。

「御用の指図をいたしておりました」

執政としての職務を果たしていたと松平定信が答えた。

「躬《み》の呼び出し以上の用があると申すか」

家斉の機嫌がさらに悪くなった。

「上様のお召しはなによりも大事と心得ておりまするが、配下の者たちへの指図を出しておきませぬと、なにをしてよいかわからず、わたくしが戻るまで政務が滞《とどこお》りまする。そうなれば、政《まつりごと》が遅れ、上様のお名前に傷が付きかねませぬ」

「……むっ」

暗愚将軍と揶揄《やゆ》されたいかと脅かされた家斉が詰まった。

「我ら執政は、上様の御為に」

松平定信が重ねた。

「遅参は咎めぬ」

そこまで言われては仕方ない。家斉が苦い顔で許した。

「ご寛容、畏《おそ》れ入りまする」

わざとらしく松平定信が礼を述べた。

「……ふん。そのために呼んだのではないわ」

鼻を鳴らした家斉が、用件へと気持ちを切り替えた。

「父上の大御所《おおごしょ》称号のことじゃ。まだ、朝廷の使者は来ぬのか」

家斉が用件を切り出した。

「あいにく、まだ勅使《ちょくし》はお見えではございませぬ」

淡々と松平定信が告げた。

大御所というのは、将軍が位を次代に譲って隠居してからの称号になる。その起源はおおもとは隠居した親王の住居を指し、やがて鎌倉宮将軍を退《ひ》いた親王の呼び名となったことで、征夷大将軍を辞した者をこう言うようになった。

徳川幕府では、初代家康、二代秀忠《ひでただ》、八代吉宗が存命の間に将軍職を息子に譲り、大御所となっている。

十代将軍家治の跡継ぎとして一橋《ひとつばし》家から養子に入った家斉の父は、一橋民部卿治済《みんぶきょうはるさだ》であり、大御所となる資格はなかった。

それを家斉は親孝行として、大御所称号を一橋民部卿治済に与えようとした。

大御所は、将軍や宮家のように正式なものではなく、名誉称号でしかない。極端な話、勝手に一橋民部卿治済を大御所と呼んだところで、咎め立てはされないが、分家である御三卿から将軍家に入った家斉は、どうしても立場が弱い。

「将軍家に人なきときは、御三家が補うべしというのが神君《しんくん》家康公のお考えである。御三卿は吉宗公が立てられたとはいえ、御三家ではない」

こう言われては家斉は黙るしかない。そこに一橋家の当主でしかない民部卿治済を大御所と呼べなどという触《ふ》れを出せば、御三家の反発は強くなる。

「やはり三卿などという歴史浅き家は、常識を知らぬ。このような輩《やから》を将軍として認めるわけにはいかぬ」

御三家だけでなく、譜代名門大名も家斉排斥に出かねない。

「勅許《ちょっきょ》をいただけばよい」

家斉は、朝廷から許しを得ることで、異論を封じようとした。形だけとはいえ、征夷大将軍も朝廷から任じられるのだ。実際とは逆転になるが、名分だけでいけば、朝廷は幕府よりも上にある。

「一橋民部卿治済に大御所の称号を許す」

天皇家からの勅許があれば、誰も文句を言えなくなる。

「越中、父上に大御所称号をもらって参れ」

この無理難題を老中首座松平越中守定信へと命令した。

「……わかりましてございまする」

将軍の言葉は絶対でなければならない。老中首座とはいえ、これを否定するのは将軍の権威をないがしろにしたものになり、それは幕府の力を落としてしまう。

松平定信は家斉の指図を引き受けざるを得なかった。

ただ、時期が悪すぎた。

この寸前、同じような問題が朝廷でも起こっていた。

やはり跡継ぎのいなかった後桃園《ごももぞの》天皇の崩御《ほうぎょ》に伴い、新たに践祚《せんそ》した光格《こうかく》天皇は閑《かん》院宮家《いんのみやけ》の皇子であった。

朝廷で宮家は摂関家の下と決められており、光格天皇の父閑院宮典仁《すけひと》親王は臣下として息子に仕えなければならなかった。

父よりも上となっただけでも辛《つら》いのに、皇族でない摂関家よりも格下として扱わなければならない。それを光格天皇は嫌がった。

「なんとかして、父にふさわしい地位を……そうじゃ、太上天皇《だじょうてんのう》の尊号を贈ろう」

光格天皇は閑院宮典仁親王を太上天皇、つまりは上皇《じょうこう》にしようとした。

だが、これには大御所称号よりも大きな問題があった。太上天皇は天皇位にあった者が隠居してなる。大御所と似ているが、歴代天皇が一人増えることになるのだ。

天皇というのは人ではなく神である。人が神になるには、相応の儀式が要《い》り、譲位するにも仙洞《せんとう》御所のような隠居所の手配もしなければならない。

「明日より、父を太上天皇と呼ぶ」

いかに勅意であろうとも、そう簡単にはいかなかった。儀式にせよ、隠居所の建設にせよ、金がかかる。

その金が朝廷にはなかった。

朝廷は幕府から与えられた朝廷領で賄《まかな》われている。日本においてもっとも高貴な身分で、すべての土地は天皇家のものだといいながら、実際は武士の台頭によってその財を奪われ、今は捨て扶持《ぶち》で生かされているに近い。そんな朝廷に、太上天皇の誕生を受けいれるだけの余裕はなかった。

「閑院宮典仁親王に太上天皇尊号を下されたいとの、叡慮《えいりょ》である」

そこで朝廷は幕府へ話を持ちこんだ。

要は、金を出せと幕府へねだったのである。

「天皇の位にあったお方以外に、太上天皇尊号はふさわしからずと考える」

松平定信は正論をもって、光格天皇の内意を拒んだ。

そこへ家斉の要求が出された。

「こちらの願いを拒否しておきながら、そちらの言いぶんは聞けと申すか」

光格天皇が激怒したのも当然であった。

「なんとかせい」

相手が天皇とはいえ、幕府の要望が足蹴《あしげ》にされた。このまま黙っていては、幕府の、将軍の面目にかかわる。

家斉は、松平定信に吾《わ》が意を通せと押しつけた。

「いろいろと手は打っておりますが、なかなかに難しいところもございまする」

松平定信にしてみれば、将軍のわがままでしかない。

「前例もございませぬし」

「……躬の思いぞ」

やはり分家から入った八代将軍吉宗は、父光貞を大御所と呼べとは言わなかったぞと松平定信が暗に反対したのに、家斉が眉《まゆ》をつりあげた。

「それに前例がないと口にしたが、八代将軍吉宗公のときは違うぞ。吉宗公が将軍となられたとき、光貞はすでにこの世を去っておる。生きておらぬ者は大御所となれぬわ」

家斉の言葉も正しい。

「はて、わたくしは吉宗公のことだとは言っておりませぬが」

「他になかろう」

しらっと否定した松平定信に、家斉が怒った。

「わたくしが申しあげたのは、鎌倉以降、室町、そして我らが幕府と、一度も将軍たらなかった者が、大御所と呼ばれた過去はないと申しあげたかったのでございまする」

「…………」

大上段からの正論に家斉が黙った。

「ゆえに手間がかかりまする。今しばらくのご辛抱をいただきたく。もちろん、日々、上様のご希望をかなえるため、努力は怠《おこた》りませぬ」

松平定信が従順そうに頭《こうべ》を垂れて願った。

「わかった。早くいたせよ」

家斉が苦い顔で退出を認めた。

お休息の間から御用部屋までは、少しだけ距離がある。かつて将軍が御座の間にいたころは、御用部屋と隣接していたのですぐに執務に戻れたが、今は煙草《たばこ》を一服するほどの間が要る。

「まったく、わかっておらぬ」

松平定信があきれた。

「朝廷に借りを作ることになるというに」

なんでも同じだが、頼みをするには対価が要る。友人同士や親戚同士ならば、礼もなしで頼みを引き受けてくれることもあるが、それでも無理をさせたという引け目は生まれる。

引け目があれば、向こうからなにか言ってきたとき、断りにくくなる。

「政で貸しは作っても借りはまずい。それくらいもわからぬ者が将軍とは、幕府にとってこれほどの不幸はない」

松平定信が家斉を罵《ののし》った。

「八代さまのことで当てこすったのを気づくくらいの頭はある。が、それだけじゃ」

吐き捨てるように松平定信が愚痴った。

「まあよい。言質《げんち》は取れた。父が死んでいれば大御所は与えられなくてしかるべしだと、上様の口から出た」

にやりと松平定信が口の端をゆがめた。

二

禁裏付《きんりづき》東城《とうじょう》典膳正《てんぜんのしょう》鷹矢《たかや》は、禁裏付役屋敷へ押しこんできた南條蔵人《なんじょうくろうど》を捕らえた。娘を拐《かどわ》かされたとして、鷹矢に罪を着せるための行為であったが、娘温子《あつこ》の拒否を受け、逆に狼藉者《ろうぜきもの》として捕まるという失態を晒《さら》した。

「誰に頼まれた」

すでに後ろに二条家がいると判明しているが、それは娘温子との会話であり、禁裏付の尋問に答えたわけではない。親子の間の確執から生まれた言葉を証《あかし》とするのはさすがにまずい。

鷹矢はあらためて南條蔵人を詰問した。

「親じゃ。娘を連れ去られて黙っておられるわけなかろう」

後ろに誰もいないと南條蔵人が反論した。

「手放した娘でもか」

南條家が二条大納言《だいなごん》治孝《はるたか》の家宰《かさい》松波雅楽頭《まつなみうたのかみ》の求めで、新たに京へ派遣された鷹矢を籠絡《ろうらく》するために美形と名高い娘を差し出した。その代償として南條蔵人は、実入りのない弾正尹《だんじょうのかみ》から、朝廷の物品購入を差配する蔵人へと転じられた。朝廷への納品を司《つかさど》る役人のもとには、出入りの商人からの賄賂《わいろ》が届く。その日の食事にもことかく南條家も、今では贅沢なものを購《あがな》えるほど裕福になった。それもこれも娘を売り払ったからであった。

「手放してなどおらへん。松波雅楽頭さまより、麿《まろ》が娘が適役やとお薦《すす》めいただいたゆえのことじゃ」

「だそうだが、温子どの」

鷹矢が部屋の隅に控えている温子に問いかけた。

「おもうさま、いや、南條さま」

京都の言葉で父を意味する呼びかけをした温子が、わざわざ他人行儀な名字に変えた。

「武家の卑《いや》しい血を受けた女は、二度と敷居を跨《また》ぐなと仰《おお》せでございました」

氷のような口調で温子が告げた。

「それはやな、奉公に出る娘に、覚悟を促《うなが》したもんや」

さすがは公家である。娘の弾劾《だんがい》にも平然と返した。

「そうか。娘の覚悟を示したのだな」

「……そうや」

確認した鷹矢に、少し不安そうな南條蔵人がうなずいた。

「二度と帰って来るなと命じた娘を取り返しに来るというのは、つじつまが合わぬのではないか」

「娘が酷い目に遭っていると言われれば、親が心配してなにが悪い」

南條蔵人が矛盾を親の情でごまかそうとした。

「温子、酷《ひど》い目に遭っていたか」

「ええ。それはもう泣くような目におうてました」

鷹矢の問いに、温子が涙を拭うまねをした。

「な、なにをっ」

「ほれみろ」

焦る鷹矢に南條蔵人が勝ち誇った。

「その日の食べものにも困る日々、そして清い身を会ったこともない男に捧げよと命じる親。それはそれは辛《つろ》うございましたえ」

「ええええ」

娘に睨みつけられた南條蔵人が啞然《あぜん》とした。

「ここでは、大丈夫なのだな」

ちらと鷹矢は、温子の隣で黙っている布施《ふせ》弓江《ゆみえ》を見た。

「極楽のような毎日を送らせてもろうてます。三度の食事も充分、着物も買《こ》うてくれはるし」

一度そこで言葉をきった温子が、弓江に目をやった。

「なにより、好きな男はんの側《そば》におれるんや。女としてこれ以上の幸せはおまへん。なあ、弓江はん」

「いいえ、温子さま。それはまちがいですよ。まだ上がありまする」

声をかけられた弓江が首を横に振った。

「愛《いと》しい人との間に、子を授《さず》かるという幸せがございましょう」

「そうやった」

弓江の話に、温子が手を打った。

「……………」

「な、なんやねん」

鷹矢が沈黙し、南條蔵人が理解できないといった顔をした。

「あっはっははは」

不意に大きな笑い声が響いた。

「典膳正はん、今日はここまででっせ」

鷹矢の後ろに座っていた老爺があきらめろと言った。

「しかしだな、土岐《とき》。このままにしておくわけにはいかぬぞ」

「こんな気の抜けた状態で、どんな顔して尋問しますねん。毒気が抜けたら終わりでっせ」

土岐が抵抗する鷹矢に手を振った。

「……むうう」

鷹矢は唸った。

「南條はん、あんたもええ加減にしいや」

土岐が抵抗を続けている南條蔵人に話しかけた。

「なんや、仕丁《しちょう》風情が、麿に意見をする気か。分をわきまえんかい」

南條蔵人が土岐を怒鳴りつけた。

仕丁とは朝廷の雑用係、武家でいうところの中間《ちゅうげん》のようなものである。朝廷に出入りするため、官位を与えられてはいるが、従七位、あるいは初位といった最下級のものでしかなく、従六位蔵人とは同席も適《かな》わない。

「分をわきまえるんは、おまはんや。ええか、南條はん。あんたは今、罪人として禁裏付に捕らわれてるんやで。官位はもちろん、職も停止《ちょうじ》されてる。いわば、無位無冠」

「無位無冠……そんなことはない。麿が捕まっているのは、この禁裏付の暴走や。すぐに朝廷から放免せいとお使いが来る」

土岐の弾劾から南條蔵人が逃げようとした。

「かも知れへんなあ」

唇を小さく土岐がゆがめた。

「そうじゃ、きっと一条……」

言いかけた南條蔵人があわてて口をつぐんだ。

「ふふふふ」

楽しそうに土岐が笑った。

「使者はいつ来ますやろうなあ。ここは百万遍《ひゃくまんべん》や、御所からやとどんだけもかからへん。牛車《ぎっしゃ》で来たところで小半刻（約三十分）も要らん。まあ、事情を確認したり、誰が行くとかの話し合いもせんならん。しゃあけど、それほど手間取りまへんで。遅くとも明日には来なおかしいですわな。典膳正はん」

南條蔵人に語っていた土岐が、鷹矢へ顔を向けた。

「三日ほど、牢に入れときなはれ。そしたら、十分わかりますやろ。己が切り捨てられたとな」

土岐が述べた。

「三日か。長いの」

ようやく摑《つか》んだ朝廷の弱みなのだ。松平定信への報告もある。鷹矢はもう少し早くことの形をつけたかった。

「慌てたらあきまへん。柿は熟《う》れるまで待たんと渋いでっせ。できるだけおいしく食べようと思うたら、ときをかけるのも一つ」

急ぐ鷹矢を土岐が宥《なだ》めた。

「わかった」

鷹矢は土岐の提案を受けいれた。

「誰ぞ、おらぬか」

「……はっ」

手を叩いた鷹矢に応じて、禁裏付同心が顔を出した。

「この狼藉者を牢へ入れておけ。水と食事は与えよ。ただし、酒と煙草はならぬ」

「はい」

鷹矢の指示に首肯した同心が、南條蔵人の身柄を押さえた。

「ああ、同心はん、気つけてや」

「そうや、麿は蔵人やぞ」

　土岐の注意に、南條蔵人が便乗した。

「口封じされては困るさかいな。しっかりと見張っておいてもらわんと」

「そうであった」

「……ひっ」

　忠告した土岐に、鷹矢が納得し、南條蔵人が脅《おび》えた。

「こやつになにかあったとき、松平越中守さまへご報告することになる。そうなれば……」

「ね、寝ずの番をいたしまする」

　鷹矢に言われた同心が震えあがった。

　禁裏付組屋敷の牢で罪人が殺害される。第一に疑われるのは同心たちになる。そして朝廷との交渉材料を殺された松平定信が、黙ってそれを見逃すはずはない。同心たちはまず放逐《ほうちく》になる。

　老中首座を怒らせて放逐された同心など、どこの誰も引き取ってはくれなかった。浪人確定だけですめばいいが、少なくとも幕府直轄領にはいられない。江戸、京、大坂、大津、長崎など人が多く集まるところを通過するくらいは黙認されるが、住み着くことは許されなかった。日雇いを始めとする仕事がある土地への立ち入りができないとなれば、生活は極端に厳しくなった。

とくに禁裏付の同心は、世襲に等しく、何代にわたって京で生きてきた。その同心が禄《ろく》を失うだけでなく、慣れた土地から放逐される。これは死を宣告されると同じであった。

「少し遅れたが、昇殿する」

南條蔵人の騒動で、出務できていない。鷹矢は腰をあげた。

「ほな、わたいはお先に」

すっと土岐が立ちあがって出ていった。

「……典膳正さま」

弓江が近づいてきて、鷹矢の身形《みなり》を整えながら話しかけた。

「あの者は信用できるのでございましょうか」

「仕丁などという者は、得体の知れぬ輩が多いと聞きますえ」

弓江と反対側、鷹矢の背中に回って、束帯の腰のしわを伸ばしながら、温子も不安そうな声を出した。

「信用できるかと言われると、難しいな。吾《われ》は土岐のことをよく知らぬ。ただ、ともに逢坂《おうさか》の関《せき》での危急を潜った。吾の身を害するつもりならば、見捨てていたはずだ」

鷹矢が応えた。

「それでもお気を付けくださいませ」

「雅楽頭さまの息がかかっているとは思えまへんが、二条さまだけやおへんし」

二人が鷹矢に注意を促した。

「わかっている。では参る」

うなずいた鷹矢が玄関へと向かって歩を進めた。

南條蔵人の失敗は、後の証人となるべく禁裏付屋敷を取り囲んでいた者たちによって、それぞれの主人に報された。

「ちっ。夏の炬燵《こたつ》やないか。役に立たんこっちゃ」

松波雅楽頭が吐き捨てた。

「御所さんへお報せせんと」

あわてて松波雅楽頭が駆け出した。

朝議《ちょうぎ》へ出る公家は、ほとんど夜明けと同時に牛車を出発させる。人が普通に歩くよりも遅い牛車とはいえ、いくらなんでももう禁裏に着いている。

禁裏に入った高位の公家たちは、それぞれの位に応じた控えの間で待機する。五摂《ごせっ》家《け》や名家《めいけ》、清華家《せいがけ》などは渡り廊下一つで清涼殿《せいりょうでん》に繫《つな》がる、虎の間と呼ばれる座敷で朝議の始まりを待っていた。

「関白はん」

虎の間下段の襖《ふすま》が少し開いて、公家が近衛右大臣経熙《このえうだいじんつねひろ》を手招きした。

「……うむ」

近衛経熙が誘いに応じて、廊下へ出た。

「どないした、中納言《ちゅうなごん》」

呼び出した近衛家の家宰平松《ひらまつ》中納言に、近衛経熙が問うた。

「御所はん、えらいこってっせ」

平松中納言が焦った顔を見せた。

「なんや、落ち着かんかいな」

近衛経熙が平松中納言を抑えた。

「す、すんまへん」

主君の宥めに、平松中納言が大きく息を吸った。

「で、どないした」

「南條蔵人をご存じでございまっしゃろ」

「……南條……ああ、二条の坊《ぼん》が目を掛けてたやつやな」

確認された近衛経煕が、少し考えて思い出した。

「その南條がなんやねん」

「禁裏付、百万遍の禁裏付屋敷へ、朝から押し入って乱暴狼藉を働いたちゅうことで、捕まりました」

もう一度尋ねた近衛経煕に平松中納言が告げた。

「蔵人が、禁裏付へ暴れこんだ。ふうん、なんぞ二条の坊に言われたんやな」

すぐに近衛経煕が読み取った。

「見ていた者《もん》の話ですと、なんでも娘を拐かしたとかなんとか怒鳴りながら、禁裏付屋敷へ突っこんだそうで」

「娘は」

「いてなかったそうですわ」

「そうやろな。そのていどの策に引っかかるような愚か者が、禁裏付で来るはずないわ。阿呆《あほう》やな、南條蔵人は。いや、二条の坊がか」

経緯を聞いた近衛経熙が笑った。

「まだ知らんな、二条の坊は」

平松中納言以外に虎の間へ来た者はまだいない。近衛経熙がおもしろそうな顔をした。

「ごくろうやった。中納言、ついでに一つしてくれや」

「なんですやろう」

近衛経熙に平松中納言が訊いた。

「少しでええ、虎の間に近づく連中の足留めをな。麿が様子を見るさかいに」

「お任せを」

主君の意図をさとった平松中納言がうなずいた。

近衛経熙は、笑みを浮かべたままで虎の間へと戻った。

「なんぞええことでもおましたんかいな」

笑っている近衛経熙に一条左大臣輝良《いちじょうさだいじんてるよし》が問いかけた。

「今、報《しら》せがあったんやけどな」

虎の間にいる一同が注目しているのを近衛経熙が確認して続けた。

「南條蔵人が、百万遍の禁裏付屋敷へと暴れこんで、狼藉者として捕まったらしいわ」

近衛経熙が語った。

「…………」

さっと二条大納言の顔色が変わった。

「そういえば、南條は誰の推薦で蔵人になったんやかの」

しっかり二条大納言の動揺を横目で見て、近衛経熙が問いかけた。

「…………」

二条大納言が沈黙を保った。

「推薦人は二条大納言はんやったな」

一条左大臣が二条大納言を見た。

「そうやったかの。六位や七位なんぞ、いちいち覚えておらんわ」

二条大納言が言い返した。

「まあ、たしかに六位や七位まで全部は覚えてへんわな」

近衛経熙が同意した。

「そうやろう」

吾《わ》が意を得たりと二条大納言が首を縦に振った。

「せやけど、推薦したんは確かやからな。なんもなしでは終わらへんやろう」

「そうやな」

近衛経熙の言葉に一条左大臣が乗った。

五摂家というのは、ややこしい関係にあった。どの家も藤原鎌足《ふじわらのかまたり》の流れを汲《く》む、いわば一族である。成立した歴史には多少の差はあるが、それでもほぼ同格の公家として、婚姻を重ね、縁を深めている。

また、身分が高い者ほど禁裏に近いところに住居を与えられるという慣例もあり、五摂家の屋敷も近い。

五摂家は親しい一族であると同時に、近所の住人でもある。遠い親戚より近くの他人という慣用句があるが、そんなどころではない。近い親戚で近所ずまいとなれば、互いに頼りあうのは当然といえる。

しかし、五摂家の仲はよくなかった。

五摂家は選ばれた　族であるため、そのなかからしか摂政、関白は任じられないのだ。しかも摂政、関白と二つの役目のように見えるが、摂政は天皇が幼く政に補佐がいるときしか任命されず、摂政がいる間は関白は出されないのが慣例となっている。つまり、摂政、関白になれるのは、一人だけなのだ。その一人の座を五摂家は奪い合っていた。

「どういう責を負えと言うんや。蔵人への推薦をしただけで、麿は禁裏付屋敷へ暴れこむような輩とは知らなんだ」

二条大納言が開き直った。

「知らなんだというのは、便利な言葉じゃのう」

近衛経熙が皮肉げな顔をした。

「それですめば、話は楽だがな」

一条左大臣も笑った。

「なっ……」

嘲弄《ちょうろう》されていると気づいた二条大納言が憤《いきどお》った。

「まあ、まあ」

険悪になりかかった虎の間を九条《くじょう》前摂政尚実が諫《いさ》めた。

「今は、禁裏付がどう出るかを見てからでよろしいやろ。波風を立てるのを嫌って、南條蔵人をそのまま放免するかも知れへんしの」

鷹司《たかつかさ》関白輔平《すけひら》は光格天皇の叔父にあたる。後桃園天皇の後継として光格天皇を推した九条尚実と並んで、今の朝廷で力を持っている。

「そうやな。鷹司はんの言うとおりや」

あっさりと一条左大臣が引いた。

「であるかの」

近衛経熙もうなずいた。

「そこの襖を開け」

場を取りもった鷹司輔平が、虎の間の隣、鶴の間との仕切りを開けさせた。

「広橋《ひろはし》中納言はおるか」

「これに」

鶴の間で控えていた武家伝奏《ぶけてんそう》広橋中納言が応じた。

「聞いていたな」

虎の間でかわされている会話を聞き逃すような者は公家としてやっていけない。虎の間で声がすると、鶴の間には沈黙が落ち、皆が聞き耳を立てる。こうして少しでも状況を把握して、誰に付くか、縁を切るかの参考にする。

「……はい」

今更ごまかしても意味はない。最初から五摂家もわかっていながら、声を大きくして話をしているのだ。本当に聞かせたくない話ならば、あとで屋敷ですればすむ。

広橋中納言が鷹司輔平の問いかけに首肯した。

「そなたは、あの禁裏付の導き役であったろう。任せるゆえ、うまくまとめてみせや」

「承《うけたまわ》りましてございまする」

鷹司輔平の指示に、広橋中納言はうなずくしかなかった。

「襖、閉め」

平伏した広橋中納言への興味を失ったように鷹司輔平が告げた。

三

普段より遅れて昇殿した鷹矢は、まず同役の黒田伊勢守《くろだいせのかみ》のもとを訪れた。

「遅れましてござる」

「お身体の調子でも」

詫びた鷹矢に黒田伊勢守が尋ねた。

黒田伊勢守が住む禁裏付屋敷は、相国寺《しょうこくじ》前にあり、通勤路が百万遍の鷹矢とは被《かぶ》らない。また禁裏付は、幕府が朝廷へ付けた目付役である。禁裏に勤める者としては煙たいだけに、なかなか話しかける者もいない。すでに禁裏でも南條蔵人の一件は噂となりつつあったが、黒田伊勢守のもとへは届いていなかった。

「いいえ。いささか問題が起きまして……」

鷹矢が経緯を述べた。

「……真《まこと》か、いや、失礼をした」

一度疑った黒田伊勢守が、謝罪した。禁裏付は朝廷の目付である。その職務は厳正におこなわれなければならず、もし、怠慢や偽《いつわ》りがあれば、ただではすまなかった。監察が罪を犯せば、どこでも重罰となるのは当然なのだ。

「で、その娘御は」

当然の疑問を黒田伊勢守が口にした。

「奉公してくれておりまする」

「それはっ……」

淡々と言った鷹矢に黒田伊勢守が唖然とした。

「では、南條蔵人の言い分にも理がでますぞ」

南條蔵人を悪人と断じきれないと黒田伊勢守が危惧した。

「大事ございませぬ。当家へ奉公に出したのは南條蔵人でござる。その南條蔵人がなんの前触れもなく、躍りこんで参りましたので」

鷹矢が説明した。

「奉公に出した娘を奪い返しに来る。これは法度《はっと》に反しましょう。しかも武家奉公でございますぞ」

「たしかに」

武家奉公は忠義と恩に基づく。恩は給与であり、忠義はその期間の奉公になる。極論になるが、主君と家臣の繋がりに、南條蔵人は苦情を付けたのだ。

「さらに当家に来ておりました絵師に乱暴をいたしましてござる」

「絵師とは、伊藤若冲《いとうじゃくちゅう》でござるな」

黒田伊勢守は伊藤若冲こと枡屋茂右衛門《ますやしげえもん》と鷹矢の交流を知っていた。

「さよう」

「伊藤若冲が見ていたとなると、言い逃れも難しい」

相国寺の襖絵、鹿苑寺《ろくおんじ》の大書院障壁絵などを手がけ、名刹《めいさつ》、公家、豪商との交流も深い。京都町奉行所でも、そうそう手出しができないだけに、その言が疑われることはなかった。

「……典膳正どの」

黒田伊勢守があらたまった。

「どこで落としどころをつけるおつもりか」

「越中守さま次第でございましょう」

後始末をどうするという問いかけに、鷹矢は松平定信に丸投げした。

「お報せなさるおつもりか」

「それが拙者の任でございまする」

難しい顔をした黒田伊勢守に、鷹矢は答えた。

「報せるなとは申しませぬが、しばし、ご猶予をいただけぬかの」

「なぜに、猶予を」

黒田伊勢守の願いに、鷹矢は疑問を呈《てい》した。

「朝廷に波風が立つ。いや、立ちすぎる」

「…………」

述べた黒田伊勢守を鷹矢は無言で見つめた。

「任せてくれぬか。悪いようにはせぬ」

黒田伊勢守が鷹矢に処理を申し出た。

「それはできませぬ。越中守さまが許されませぬ」

鷹矢が首を横に振った。

「…………」

今度は黒田伊勢守が黙った。

「……わかってはいるが、朝廷で騒動が起きるのは好ましくない」

しばらくして黒田伊勢守が口を開いた。

「我ら禁裏付は、朝廷の目付でもある。だが、相手は幕府の家臣ではない。朝廷は幕府の下にはない。大名たちとは違うのだ」

黒田伊勢守が説明を始めた。

幕府は大政を委任されている。そして、その委任してくれているのが天皇、すなわち朝廷なのだ。

「大名ならば、潰そうが、飛ばそうが、領地を削ろうが、幕府の思うがままである。だが、禁裏はそうではない。たしかに禁裏の悪事に幕府が裁定を下したときはある。だが、基本、朝廷のなかのことは朝廷のなかですませるのがよいのだ」

「なぜよいと」

鷹矢が問うた。

「公家と武家は違いすぎる。我らにとっては当たり前のことでも、公家にとっては異常であるというのはいくらでもある。もちろん、逆もな」

「それはわかりまする」

わずかな赴任期間だが、鷹矢は公家の得体の知れなさを感じている。いや、思い知らされたと言ってもいい。

「そもそも蔵人あたりが、いかに娘のことが理由だとしても禁裏付へ無体《むたい》を仕掛けるわけはござらぬ」

禁裏付の役目、その主たるものは、朝廷の内証の監察である。内証とは朝廷の勘定であり、物品の購入を司る蔵人にとって、禁裏付はまさに鬼門中の鬼門になった。

「自ら監察を呼びこむようなまねをするはずがない」

「うむ」

呟くように言った鷹矢に、黒田伊勢守が首肯した。

「後ろに誰かがいる。おわかりなのでござろう」

「……………」

黒田伊勢守に見つめられた鷹矢は目をそらした。

「かなり高位の公家から命じられたからこその暴挙。それを老中首座さまが見逃されるはずはございますまい」

「……………」

鷹矢は応えなかった。

「もし、五摂家の一つが後ろにあったとしたら……老中首座さまはいかがなされよう」

窺うように黒田伊勢守が言った。

「大御所称号だけでご満足なさろうか」

黒田伊勢守が続けた。

「なさるまいな」

鷹矢も認めた。

松平定信は、良くも悪くも政を愛している。幕府のためになることなら、どこまでもあくどいまねができた。

「五摂家を四摂家にされるつもりで来られよう」

「そこまで……」

黒田伊勢守の推測に鷹矢が驚愕した。

「幕府にとって朝廷は弱みじゃ。もし、朝廷が島津や前田、毛利などに倒幕の詔勅《しょうちょく》を出せばどうなる」

「どうもなりますまい。今の外様にそれだけの力はない」

　鷹矢が否定した。

「たしかに、今言った外様だけならば、とても倒幕はできまいが、全国の外様が同時に謀叛《むほん》を起こせばどうなる」

「同時に……」

　言われた鷹矢が想像した。

「幕府だけでなく、御三家、越前家などのご親類、さらには譜代大名もおるが、それで防ぎきれるかの」

「むううう」

　鷹矢が黒田伊勢守の言葉に唸った。

「少なくとも、九州、中国、奥州は支えきれぬぞ」

九州には島津の他に細川、黒田と外様の大藩が多い。譜代大名も小倉の小笠原などがあるとはいえ、とても相手にはならない。中国も奥州も外様が譜代よりも力を持っている。

「九州と中国が反幕府で固まれば、四国も保《も》たぬ。因幡《いなば》と岡山の池田も加わり、加賀の前田が京へ兵を出せば、越前松平家は南北から攻撃され、潰されるだろう。さすれば、京は墜《お》ちる」

「たしかに」

鷹矢もうなずいた。

「五摂家は基本、仲が悪い。だが、公家というのは外からの圧力に対しては、一致団結する。昨日までの喧嘩は一旦置いて、力を合わす」

「そこまで行くと」

黒田伊勢守の懸念を鷹矢が確認した。

「五摂家は、天皇家と近い。血筋を何度も重ねている。五摂家に手を出すというのは、天皇家を敵に回すに等しい」

十年は京に在するのが禁裏付である。黒田伊勢守は、十分に朝廷のありようを理解していた。

「失礼を承知で言う。老中首座松平越中守さまは、京を知らなすぎる」

「それは仕方ありますまい。越中守さまは、もと田安《たやす》家のお方で、白河の松平家へ養子に入られ、そのまま老中になられたのでござる」

老中首座の経歴くらい、旗本ならば誰でも知っている。

本来、老中になるには、奏者番、寺社奉行、若年寄、大坂城代、京都所司代などを歴任するのが慣例となっている。

その手順を松平定信は踏んでいなかった。というより、家督相続をして四年でいきなり無役から老中上席に取り立てられている。

「世間知らずだと」

「…………」

述べた鷹矢に、黒田伊勢守が無言で肯定した。

「外様が動くとはかぎりますまい」

「そうだがな。万一はある」

鷹矢の否定を黒田伊勢守は否定しなかった。

「そうなったとき、禁裏付の意味はなくなる。禁裏付は朝廷が幕府と敵対しないように、見張るのが最大の任務である」

「ふむ」

黒田伊勢守の言葉を鷹矢は受け取った。

「しかし、報せぬわけには参りませぬぞ」

「わかっておる。そんなまねをすれば、そなたも余も解任、そしてより老中首座さまに従順な者が送りこまれよう」

鷹矢の言い分を黒田伊勢守は認めた。

「少しだけ、報告を遅くしてくれぬか」

「それはなんとかなりましょうが」

黒田伊勢守の希望に鷹矢はどうにかなると返事をした。

「背後とかを調べてからご報告をといたせば、幾日かの余裕は生まれましょう」

「助かる」

黒田伊勢守が喜んだ。

「ですが、それほどの余裕はございませぬぞ」

「わかっている。すぐに動く」

釘を刺した鷹矢に黒田伊勢守が首を縦に振った。

「どうやって話を付けられるおつもりか」

肝心なことを鷹矢が訊いた。

「大御所称号を五摂家からの発案として朝議にかけてもらい、今上《きんじょう》さまのお許しをいただくという形でいければと思う」

「五摂家に功績を立てさせると」

鷹矢が黒田伊勢守の案を読んだ。

「さすれば、いかに老中首座さまでも五摂家へのお手出しはなさるまい。いや、できなくなるはずだ。上様がお認めにならぬ」

父一橋民部卿治済へ大御所の称号をと願っているのは家斉なのだ。その家斉の望みを叶えるための尽力をしたのが五摂家となれば、松平定信がどのような理由を付けて手を出そうとしても認められることはない。

「信賞必罰でござるな」

鷹矢が納得した。

かならず手柄には報い、罪は罰する。これは政の基本であった。功績を立てても正当な評価が与えられず、罪を犯しているにもかかわらず咎めを受けない者がでてくれば、政への不満はたまる。

「とぼけられるか」

政の基本を出した鷹矢に黒田伊勢守が不機嫌な顔をした。

「…………」

鷹矢は反応をせず、唇を閉じた。

「やはり、江戸ではそうなってござったか」

黒田伊勢守が鷹矢の態度から確信した。

「長く京におると、どうしても江戸の事情に疎くなり申す。そこに貴殿が来られた。十年という慣例を破って、前任者を解任までしての赴任。これでなにもないと思うようでは、禁裏付などやっていけぬ。そして朝廷と幕府のかかわりを見ると、大御所称号の問題がある」

「越中守さまの詰めが甘いと」

鷹矢が訊いた。

「甘いのか、それともわざとか」

「わざと……」

黒田伊勢守の答えに鷹矢はなんとも言えない顔をした。

「老中首座さまと上様の間には溝がある」

「……つっ」

断じる黒田伊勢守に鷹矢は頬をゆがめた。

「上様は、真に大御所の称号を望んでおられるのか」

「だと思いまするが、確《しか》とはわかりませぬ」

確かめるように言った黒田伊勢守に、鷹矢は首を左右に振った。

「禁裏付の拝命のおり、お目通りをいただきましたが……」

「白書院か黒書院の下座中央より少し襖際で平伏していれば、上座の上様のお顔を拝見するなどできませぬな」

家斉の意志は知らされていないと言った鷹矢に、己も経験した黒田伊勢守が苦笑した。

遠国赴任する諸大夫以上の旗本の任命、帰任の挨拶に将軍は立ち会う慣例があった。なかには代理を立てて顔を出さない将軍もいたが、家斉はまだ将軍となってまもないうえ、分家からという立場の弱さもあって、鷹矢のときにも出座していた。

だからといって、許可がなければ顔をあげることはできず、将軍の表情を見るのはもちろん、声を聞くことさえできない。

そして家斉は「面《おもて》をあげよ」とは言わなかった。

「上様の本意がどこにあるのか……」

鷹矢が呟いた。

「我らは上様にお仕えしているのであって、老中首座さまの家臣ではない」

黒田伊勢守が宣した。

「まさに、さようでござる」

「上様が本心から大御所称号を一橋民部卿さまにお与えになられたいとお考えなのか、それとも、それがなさぬ責任を押しつけて、老中首座さまをご解任なさりたいのか。それを見極めねば、火の粉は我らに振りかかるやも知れぬ」

眉間にしわを寄せながら、黒田伊勢守が述べた。

「千石ていどの旗本など、上様にしても老中首座松平越中守さまにしても、どうでもよいということでござるか」

「ああ」

鷹矢の嘆きに黒田伊勢守が同じ思いだと首を縦に振った。

「あまり欲張らぬが吉」

「承知。越中守さまへのお報せは三日、いや五日お待ちしよう」

保身こそ大事だと告げた黒田伊勢守に鷹矢が承知した。

四

出務した禁裏付は、御所の中央に近い武者伺候の間か、出入り口に近い日記部屋のどちらかに詰める。禁裏付は一カ月ごとで、この二カ所を交代した。

「どこに行っておった」

黒田伊勢守との打ち合わせを終え、日記部屋へ戻ってきた鷹矢を、青筋立てた広橋中納言が迎えた。

「中納言さま、お待たせいたしましたか」

鷹矢が下手に出た。

広橋中納言前基《さきもと》は、武家伝奏を務めている。幕府と朝廷との仲を取り持つのが役目である関係から、鷹矢ともっとも顔を合わす機会が多い。

「騒動があったそうだな」

広橋中納言がいきなり用件へと入った。

「随分と耳がお早い」

黒田伊勢守でさえ知らなかったことを、広橋中納言が知っている。鷹矢は少しだけ目を大きくした。

「麿にも伝手《つて》はある。そんなことはどうでもよい。詳細を語れ」

広橋中納言が鷹矢へ命じた。

「詳細と申しましても……」

鷹矢は困惑した振りをした。

「ただ、参内しようとしたところに、狼藉者がやって来たというだけでございまする」

たいしたことではないと鷹矢は、簡単に説明を終わらせた。

「その狼藉者が、公家だと聞いたぞ。公家ならば、弾正台《だんじょうだい》へ引き渡せ」

「公家……」

じっと鷹矢が広橋中納言の目を見つめた。

「……なんじゃ」

すっと広橋中納言が目をそらした。

「いやにお詳しいの。吾はまだ禁裏のどこにも狼藉者のことを届けておらぬ」

「う、噂じゃ」

声を低くした鷹矢に、広橋中納言が震えた。

「ほう、噂だと。どなたから聞いた噂じゃ」

さらに鷹矢が詰問した。

「耳に入っただけで、誰からのものかなどわからぬわ」

広橋中納言が首を横に振った。

「禁裏で誰のものかわからぬ噂が出回る。それは風紀《ふうき》紊乱《びんらん》のもとになりそうだ。禁裏付として、取り締まらねばならぬ」

職責をもって調査すると鷹矢が告げた。

「み、皆が公家部屋で口にしていた」

あわてて広橋中納言が、全員知っていると答えた。

禁裏付が職責をもって宣すれば、五摂家でも呼びだしを掛けて、尋問できる。もっともそのようなまねを許したとなれば、武家伝奏の鼎《かなえ》が問われる。広橋中納言が焦ったのも当然であった。

「皆か。であれば調べられぬな」

さすがに五摂家や清華家、名家などの高位公家を取り調べるには、よほど確定した証がなければ難しい。誰でもいいというわけにはいかなかった。

「であろう」

広橋中納言が安堵した。

「五摂家への取り調べはせぬが、貴殿は別じゃ」

「な、なにをっ」

おまえは探索の対象だと言われた広橋中納言が驚愕した。

「なにせ、貴殿には、煮え湯を飲まされているからな」

鷹矢が広橋中納言を睨みつけた。

「ひっ」

広橋中納言が震えあがった。

「先日の一件、まだ、貴殿から言いわけを聞いていないが」

「そ、それはっ」

問われた広橋中納言が息を呑んだ。

先日逢坂の関で鷹矢たちが襲われたのは、そもそも広橋中納言の誘いにあった。

「風流や名所旧跡への理解がなければ、田舎者《いなかもの》、鄙者《ひなびと》として、公家の誰もがまともに相手をしてくれぬ。禁裏付を無事にこなしたいならば、近江《おうみ》八景でも見てくるべきだ」

広橋中納言の助言に、鷹矢は従い、坂本と逢坂の関の二カ所で襲われた。もちろん、それが策謀だと気づかないほど、鷹矢は迂闊《うかつ》ではなく、十全に警戒していたおかげで、無事に帰京できた。だが、その後始末はまだしていなかった。

「麿は知らぬ」

広橋中納言が強く否定した。

「認めれば、死罪はまちがいないからの」

鷹矢が嗤《わら》った。

禁裏付は幕府の代表でもある。いわば幕府を罠に嵌《は》めたのだ。ましてや広橋中納言は武家伝奏という幕府と朝廷の仲立ちをする役目で五百俵の手当までもらっている。立場からいけば、朝廷のなかでもっとも幕府に近くなければならない。その武家伝奏が禁裏付を殺そうとした。その罪が明らかになったとき、他の公家より重い咎めが下されるのは当然であった。

「死罪……」

広橋中納言が絶句した。

公家は武家と違い、切腹はしない。罪が決まる前に、自ら毒を呷《あお》るか、食事飲水を断って餓死するかしなければ、公家の籍を削られて、斬首になる。

公家は武家よりも名誉を重んじた。斬首などという恥を晒してしまえば、二度と家名の復興は適わなくなる。

「で、狼藉者が公家だと言われるならば、引き渡すのもやぶさかではないが、どこの誰でござる」

「…………」

話を戻した鷹矢に広橋中納言が黙った。

「噂だけで引き渡せと言われたのではなかろうな」

確定していないことで罪人の引き渡しを求めるなど、裏になにかありますと言っているのと同じになる。

「い、いささか、逸《はや》ったようや。公家が禁裏付へ狼藉を働いたならば、朝廷で厳しく詮議《せんぎ》し、相応の咎めを加えねばならぬと思うたのだ」

広橋中納言が逃げ腰になった。

「では、引き渡しは不要でござるな」

「あ、ああ。そちらで十分に調べたらええ」

鷹矢の念押しに、広橋中納言が首肯した。

「もし、公家だと判明いたしたときは……」

「弾正台に報せはやってくれ。麿は忙しいゆえ、これまでや」

引き渡せとの言を引っこめ、広橋中納言が急ぎ足で去っていった。

「早いな」

広橋中納言のいなくなった日記部屋で鷹矢は独りごちた。

天皇の一日は決まっている。行事でもあれば別だが、なにもない日は、いつ起き、いつ朝餉《あさげ》をすませ、いつ朝議に臨席すると十年一日のごとくであった。

「今上はん」

朝議を終えて紫宸殿《ししんでん》へと帰る途中で光格天皇の耳に土岐の声が届いた。

「しばし、待て」

光格天皇が足を止めた。

「…………」

舎人《とねり》から天皇に話しかけるわけにはいかない。無言で舎人が控えた。

「雨が降らぬの」

光格天皇が空を仰いだ。

「…………」

舎人が光格天皇の見ている彼方へと目をやった。

「あの雲は雨をもたらしそうにはないの」

腕をあげて、光格天皇が指さした。

「…………」

舎人が光格天皇の言う雲を探して、顔を庭へ向けた。

そのとき、渡り廊下から土岐の手が出て、光格天皇の足下に一枚の紙を残した。

「ふっ」

声なく笑いながら光格天皇が紙を拾いあげた。

「どれ、参るぞ」

紙を袂《たもと》に仕舞った光格天皇がふたたび歩み始めた。

紫宸殿で天皇は一人高座にあり、その姿は御簾《みす》で隠されている。

「………」

袂から出した紙を、光格天皇が読んだ。

「愚かな」

小さく光格天皇がため息を吐いた。

「幕府に借りを作ってしまうとは、なんとも情けなき」

光格天皇が嘆いた。

「土岐」

小声で呼びかけながら、光格天皇が手で床板を叩いた。

「これにおりま」

床下から応答があった。

「どうすればよい、爺」

光格天皇が素直に問うた。

「むつかしいこって」

土岐も困っていた。

「どないしはります」

土岐が光格天皇の考え方を問うた。

「……難題じゃの」

光格天皇が首を左右に振った。

「落としどころはわかっておるが、認められぬ」

大御所称号を許すと伝えれば、それでどうにかなるとわかっていても、最初に拒否してきたのは幕府なのだ。光格天皇の矜持《きょうじ》が納得しないのは無理のない話であった。

「でござりましょう」

土岐も同意した。

「爺は、禁裏付と親しいの」

「親しいと言えるかどうかはわかりまへんが、出入りは許されておりまする」

光格天皇の確認に土岐が答えた。

「なんとかならぬか」

「…………」

「だめか」

反応しない土岐に光格天皇が慨嘆《がいたん》した。

「明日の庭拝見はどうなっている」

光格天皇が話題を変えた。

「今のところ、そのままやと」

土岐が変更なしと報告した。

「ならば、そのときにでも話をするしかないな」

光格天皇がうなずいた。

「では、これで」

「すまぬな、爺」

下がると言った土岐を、光格天皇がねぎらった。

南條蔵人の失態を見ていたのは、他にもいた。

「ご報告をなさねばの」

津川一旗《つがわいっき》が独りごちた。

南條温子から情報をもらった津川一旗は、すでにこのからくりの一切を理解している。そして松平定信の懐刀として、これをどう利用すべきかも重々承知していた。

「東城がどうするかを確かめねばならぬ」

鷹矢の警固と手伝いに京へ派遣された津川一旗と霜月織部《しもつきおりべ》の二人だったが、その裏には監視という役目もあった。

鷹矢が裏切ったり、あるいは手を抜いたり、しないように見張り、万一のときには、処分することまで任に含まれている。

「東城の見張りは織部に預けるしかないな」

一人ではどうしても見張りに穴ができる。どれだけ気持ちを入れて、注意していても人には限界がある。集中というのは、そうそう続かない。二人で交代すればこそ、穴を小さくできた。

「こちらのほうが重要である」

南條蔵人のことを松平定信に報せるほうが、大事だと津川一旗は判断した。

「まずは、織部に話さねば」

津川一旗が京の仮住まいへと急いだ。

やはり津川一旗と同様、禁裏付役屋敷でなにかあると耳にした京都所司代戸田因幡守忠寛《とだいなばのかみただとお》は、歯がみをしていた。

「まずいの。これはまずい」

駕籠《かご》のなかで戸田因幡守は、ずっと呟いていた。

「これ以上、越中守に手札を持たせるわけにはいかぬ」

戸田因幡守が苛立《いらだ》った。

松平定信によって失脚させられた田沼主殿頭意次のひきで出世をし、あと一歩で老中という京都所司代まで来ていた戸田因幡守である。さいわい、江戸から離れた京にいたことで、他の老中たちのように罷免されはしなかったが、もうこれ以上立身の目はない。

いや、ないわけではないが、それには松平定信が老中の座からいなくならなければならなかった。

「大御所称号の許可をあの禁裏付が取り付ければ、越中守は大手柄を立てたことになる」

もともと松平定信は八代将軍吉宗の孫なのだ。一応臣下の松平家へ養子に出されたとはいえ、血は将軍本家に近い。その松平定信が手柄を立てれば、老中首座から大政委任、あるいは大老への出世はまちがいない。

大老は非常の職で、臣下最高の溜間詰めから選ばれるのが決まりだが、堀田家や土井家のように溜間詰めではない大名からも大老は出ている。

家光の異母弟であった会津藩主保科《ほしな》肥後守《ひごのかみ》正之《まさゆき》と比肩するほどの家柄と能力を持っているだけに、松平定信の大政委任、大老への就任を妨げるものはない。

「越中守が大老になれば、余は終わる」

京都所司代として、朝廷を管轄していながら、大御所称号のことでは何の役にも立たなかった。そうなれば、誰も戸田因幡守をかばってくれない。どころか、松平定信の不満をぶつけるかっこうの生け贄《いけにえ》として差し出される。

「なんとかせねばならぬ。どうにかして禁裏付の手柄をなかったことにせねば……」

京都所司代に戻った戸田因幡守が、呻吟《しんぎん》した。

「ええい、佐々木《ささき》伝蔵《でんぞう》を失ったのが、ここにきて響くとは」

戸田因幡守が後悔した。

佐々木伝蔵とは戸田家の用人であり、京における戸田因幡守の闇を預かっていた。公家、商人らによって牛耳《ぎゅうじ》られている京を所司代として管理するには、公明正大だけではやっていけない。質《たち》の悪い公家や金にものを言わせる商人たちをうまくさばくために、暴力という闇も要る。それを戸田因幡守は佐々木伝蔵に任せていた。その佐々木伝蔵も鷹矢に手出しをして失敗、京都東町奉行所に捕まってしまった。

「そのような者、当家にかかわりなし」

失態を犯した腹心を、戸田因幡守は保身のために切り捨てた。

「佐々木の後を継ぐ者を作っておかねばならなかったか」

戸田因幡守が苦い顔をした。

「殿」

一人で悩んでいた戸田因幡守のもとへ家臣が顔を出した。

「なんじゃ」

機嫌の悪い声で、戸田因幡守が用件を促した。

「桐屋《きりや》と申す者がお目通りをと願っておりまする」

家臣が告げた。

第二章　闇との交渉

一

桐屋は大坂商人である。米相場に口を挟める株仲間ではないが、遠くは博多との交易もおこなうだけの財力があり、西国大名のいくつかに大名貸をしていた。

「堂島会所《どうじまかいしょ》の連中に、いつまでも頭下げなあかんのは業腹《ごうはら》や。そんなに代を重ねるのが偉いなら、この国でもっとも古い天皇はんの御用達こそ一番や」

一代で財を築きあげた桐屋への風当たりは大坂でも強い。成り上がりとか、金に汚いとか、商いが順調になればなるほど陰口は増える。

商い仲間との会合でも、桐屋が顔を出すなり、談笑が止まる。幕府から出された触れが、桐屋には伝達されないといった嫌がらせは続く。

　幸い、金を持っている者に従うのが、大坂の武家である。いかに商い仲間が桐屋を弾こうとしても、大坂町奉行所の役人を飼い慣らしていれば、まったくの無駄になる。

　だが、それも重なるとうるさくなってくる。そこで、桐屋は大坂の商人ではごく一部しか認められていない御所出入り、いや、誰も持っていない天皇家御用という看板を手に入れるため、京へ手を伸ばした。

「なにしに来た」

　戸田因幡守が桐屋を迎えて問うた。

「ご気色斜めでございますな」

　桐屋が苦笑した。

「ただの機嫌伺いならば、多忙じゃ。帰れ」

　より不機嫌になった戸田因幡守が、桐屋に向かって手を振った。

「今朝、百万遍へお見えになられたようで」

「なっ」

　いきなり言われた戸田因幡守が息を呑んだ。

「お忍びのご様子でございましたので、お声がけは遠慮いたしましたけど」

桐屋がいけしゃあしゃあと述べた。

「そんなところへ余は参っておらぬ」

「…………」

否定した戸田因幡守に桐屋はなにも応えなかった。

「……なにをしにきた」

無駄な抵抗に過ぎないと悟った戸田因幡守の声が低くなった。

「お手柄でしたなあ、禁裏付はん。東城典膳正さまと言われるらしいですが、お若いのになかなかの遣《や》り手のようで」

桐屋が口の端を吊り上げた。

「……なにが言いたい」

「お手伝いをさせていただこうかと思いまして」

睨みつけてくる戸田因幡守へ桐屋が笑った。

「手伝い……」

「所司代さまに代わって、交渉をさせていただこうかと」

疑わしそうな顔をした戸田因幡守へ、桐屋が告げた。

「交渉……誰とだ」

「闇」

桐屋が一言だけ口にした。

「そなたがなにを申しておるかわからぬわ。余は多忙である。帰れ」

戸田因幡守が桐屋に下がれと命じた。

「御所出入りの看板をいただければ、今後、闇にかかわるすべてを、わたくしが差配いたしましょう。もちろん、その費用もこちらで持ちまする」

出ていけとの指図を無視して桐屋が述べた。

「……御所出入りの看板だと」

「はい。いろいろと手を尽くしておりますが、なにぶんにもここは京。手続きなんぞはどうでもできますが、ときを重ねろという条件だけはどうしようもなく」

聞き直した戸田因幡守へ桐屋が苦笑して見せた。

「ふむう」

戸田因幡守が桐屋を見つめた。

「褒賞を強請《ゆす》るものは、信用できる。信頼はできぬが」

「それはお互い様で」

雰囲気の変わった戸田因幡守に合わせて、桐屋も口調を崩した。

「利害関係ということだな」

「それだけでございますわ」

念を押した戸田因幡守に桐屋がうなずいた。

「京の闇に伝手はあるのだな」

「闇なんぞ、京でも大坂でも一緒ですわ。探すのは容易」

桐屋が簡単なことだと応じた。

「今すぐにとはいかぬぞ」

「承知しておます。一応、近衛はんには金をさしあげておますよって」

報償の先払いはできないと言った戸田因幡守に桐屋が話した。

「ならば、よいだろう」

戸田因幡守が手を組むことに同意した。

「で、ご要望は、禁裏付の命でまちがいおまへんな」

「そちらも頼みたいが、まずは捕らえられた馬鹿の首じゃ」

桐屋の問いに戸田因幡守が要求した。

「生き証人の口封じでおますか。たしかにそちらが先ですわな」

「一応、こちらからも揺さぶりはかける。馬鹿の身柄引き渡しを求めよう」

納得した桐屋に戸田因幡守が告げた。

「へい」

桐屋が首を縦に振った。


禁裏付というのは、本来閑職であった。京へ派遣されるとはいえ、所司代や町奉行のように政、治安、西国大名の監視などという重い役目はなく、ただ、一日御所へ参内して、じっと座っているだけでいい。昼餉《ひるげ》は御所の台所から毎日山海の珍味が食べきれないほど供され、夕刻七つ（午後四時）前に届けられる内証勘定帳へ検印代わりの花押《かおう》を入れて執務は終わる。

まさに飯を喰いにきているといえる。

「やれ、面倒だが、まだ五年は任がある。ここで罷免されて経歴に傷が付いては、江戸へ帰ってから寄合行きになる」

寄合とは御家人、小旗本における小普請組のことだ。諸大夫の役目を長くすれば、小普請組ではなく、寄合入りになる。どちらにせよ、無役になるのは変わりなく、役料がなくなるだけでなく、寄合金と呼ばれる江戸城修理の費用を負担しなければならなくなる。

もちろん、小普請よりも待遇は良く、新たな役目にも就きやすいが、咎めを受けての寄合となると、扱いは悪い。

「小姓組頭、書院番頭にも手が届くところにいる。それを棒に振るのは勘弁だ」

禁裏付は閑職だが、その成立の趣旨が朝廷の監視という重要なものだったことから、順位は高い。十年と長い年限を遠国で辛抱させられるというのもあり、江戸へ帰ってからの出世は早い。さすがに江戸町奉行、勘定奉行などの実務経験が要るものに就くことはまずないが、小納戸頭《こなんどがしら》、小姓組頭などの将軍側近となれる可能性はあった。

「昼餉までにすませねば」

黒田伊勢守は武者伺候の間を出た。

武者伺候の間から公家控えの間までは、少し離れている。とはいえ、さほど広いわけではない御所である。すぐに黒田伊勢守は公家部屋の前に着いた。

「近衛さまのご都合を伺ってくれぬか」

公家部屋にいたる廊下で待機している雑司に、黒田伊勢守が頼んだ。

「近衛さまですかいな。お忙しいと思いますで」

雑司が難しいと言った。

「わかっておる。そこを枉《ま》げて頼みたい。用人に話をしておくゆえ、帰りにでも役屋敷まで来てくれ」

渋る雑司を黒田伊勢守は屋敷へ誘った。

「お屋敷へ……近衛はんがどう言わはるかわかりまへんで」

「もちろん、承知しておる。近衛さまのご返事にかかわりなく、おぬしは屋敷へ来てくれれば良い」

良い返事とは限らないがと問うた雑司に、黒田伊勢守が応じた。

「ちと待っておくれやす」

雑司が立ちあがって、虎の間下段の襖を開けて、なかへと消えた。

「一分《ぶ》ほどやればいいか」

残された黒田伊勢守が呟いた。

禁裏の雑用係である雑司や仕丁の禄は、日雇い人足より悪い。家柄と年限で上下するとはいえ、三人扶持から五人扶持ていどが普通である。一人扶持が一日玄米五合だから、三人扶持で、年五石四斗になり、すべてを金に替えたところで五両いくかいかないかなのだ。住むところはお仕着せの長屋で家賃は要らなくとも、とても食べてはいけない。その足りない分を、御所の小者たちは雑用をこなすときにもらえる駄賃で補っていた。

「お出でになられます」

戻って来た雑司が黒田伊勢守に近衛経熙の返答を告げた。

「助かった」

黒田伊勢守が礼を述べた。

「伊勢守、なんや」

少しして近衛経熙が廊下へ出てきた。

「お呼び立てをいたし、申しわけございませぬ」

相手は皇族としても扱われる五摂家筆頭の近衛家当主であり、右大臣でもある。黒田伊勢守が深々と腰を折ったのも当然であった。

「うむ」

最敬礼に近衛経熙が鷹揚《おうよう》にうなずいた。

「畏れ入りますが、そちらへ」

ちらと先ほどの雑司を見て、黒田伊勢守が清涼殿への渡り廊下を示した。

「よかろう」

近衛経熙が黒田伊勢守の求めを認めた。

「ここらでええか」

渡り廊下の中央辺りで近衛経熙が足を止めた。

「結構でございまする」

黒田伊勢守も同意した。

「百万遍のことやろ」

近衛経熙が口火を切った。

「さすがにご存じでございますか。畏れ入りまする」

耳の早いことだと黒田伊勢守が感心した。

「そんなもん、どうでもええ。で、伊勢守が来たということは、典膳正も納得のうえと考えてもええんやな」

「納得とまでは申せませぬが、五日の猶予をもらいましてございまする」

「五日か。微妙なとこやな」

黒田伊勢守の話に近衛経熙が難しい顔をした。

「ですが、それ以上遅れては……」

「越中守がうるさいか」

「…………」

近衛経熙の指摘を黒田伊勢守は無言で肯定した。

「抑えられるんか、典膳正を」

「越中守さまよりは楽かと」

「それはそうやな。越中は京を知らんし、朝廷を敬《うやま》っておらん」

黒田伊勢守の言葉に近衛経熙が同意した。

「大御所称号だけですませられるか」

「ことが越中守さまの耳に届く前に、お決めいただけるならば」

近衛経熙の提案に黒田伊勢守はさほど時間はないと答えた。

「京から江戸まで何日かかる」

「早馬ならば、五日足らず。御用飛脚ならば七日」

問われた黒田伊勢守が述べた。

「短いの。その期間で朝議をまとめ、今上さまに奏上して勅をお願いするのは厳しいぞ」

「なぜでございまする。ことは摂関家にも及びかねないのでございますぞ」

眉間にしわを寄せた近衛経熙に黒田伊勢守が迫った。

「わからんか。その摂関家を追いおとす好機やからな」

「朝廷の一大事だというのに」

黒田伊勢守が絶句した。

「朝廷は外からの圧力には一致する。しかしや、今回のはなかの問題や。というより、一人の暴走から始まった失態でしかないからの。そいつに責任を負わせばすむだけやろ」

「ううむう」

近衛経煕の説明に、黒田伊勢守が唸った。

「まあ、なんとかはしてみるが……最大の難関は今上さまや。今上さまが大御所称号を許してもええと言うてくれはったら、話は早いねんけどな」

「まだ今上さまは、閑院宮さまへの太上天皇号を拒まれたことについて……」

「ついこの間のことやないか。そんな簡単に忘れられるはずないやろう」

啞然とする黒田伊勢守に近衛経煕があきれた。

「なんとか摂家の説得はするが、今上さままでは無理や」

「……いたしかたございませぬ」

近衛経煕の言い分を黒田伊勢守は認めるしかなかった。

二

事情を把握した霜月織部は、津川一旗の江戸行きを強く推《お》した。

「急げ。御用飛脚よりも早く、越中守さまにお届けせねば、意味がなくなる」

「御用飛脚か……あれは月番老中が真っ先に受け取るのであったな」

津川一旗が思案した。

「京からの御用飛脚を、越中守さまに隠し通すことはできまいが、回覧を遅くするくらいはできる」

霜月織部が苦い顔をした。

「今の老中は、越中守さまの引きを受けた者ばかりであろう」

問題ないだろうと津川一旗が首をかしげた。

「越中守さまの出自が問題になる」

「……ご一門は老中になれぬというやつか」

「そうだ。今は越中守さまに勢いがあるゆえ、表だってはおらぬ。だが、譜代大名のなかに不満を持つ者はいる」

「いきなり老中上席になられたことへの反発か」

津川一旗が頬《ほお》をゆがめた。

「越中守さまは、慣例を二つも破っておられる。いかに、越中守さまが推薦したとはいえ、順番に役職を踏んできた老中にとっては面白くはなかろう。なにせ、越中守さまには藩での政務経験はあられても、天下の政にはかかわっておられなかった」

「むう」

霜月織部の話に、津川一旗が腕を組んだ。

「御用飛脚のもたらした内容が、越中守さまに届く前に上様へもたらされてしまえば……」

「越中守さまのお口出しは許されぬか」

理解した津川一旗がこめかみに怒りを浮かべた。

「わかった。すぐに出る」

「道中金は惜しむな」

うなずいた津川一旗に、霜月織部が言った。

「御用飛脚は関所の門を夜中でも通れる。しかし、我らにはそれができぬ」

「その分も稼がねばならぬな。となれば、箱根へ御用飛脚より半日は早く着かねばならぬ」

「大井川の渡しもだ」

霜月織部が加えた。

東海道には大きな障害が二つあった。

一つは箱根の関所である。武士は所属している主家と用件を述べるだけでよく、道中手形などは不要であるが、明け六つ（夜明け）から暮れ六つ（日暮れ）までの間しか開門されない。

二つ目が大井川の渡しであった。駿河と遠江《とおとうみ》を分ける大井川は、徳川家康によって架橋が禁じられた。川幅は広く、軍勢がこえるには困難な大井川を江戸への防壁として使うためであった。大井川の渡河《とか》については、幕府の許可を得た川越人足の手を借りなければならない決まりであり、勝手に渡河するのは重罪であった。そして、この大井川の川越人足も日がある間だけであり、他にも雨などで増水すれば渡しをしなかった。

だが、この決まりを御用飛脚は無視できた。

他にも新居《あらい》関などもあるが、大井川や箱根に比べれば抜け道はあり、多少の無理でどうにかできた。

「また一人にするが、よろしく頼む」

「任せろ。東城から目を離さぬ」

津川一旗を霜月織部は見送った。

「禁裏付役屋敷へ向かうとするか」

霜月織部が仮住まいを後にした。


京都に出した出店に戻った桐屋は、店を預けている番頭の九平次《くへいじ》を呼んだ。

「お帰りなさいやし」

九平次が桐屋のもとへやって来た。

「ああ、今帰った」

「お戻りすぐに、なんぞ御用でも」

呼び出された九平次が訊いた。

「闇を知ってるかい」

「……どんな闇でございますやろ」

問われた九平次が、条件を尋ねた。

「力ずくのできる連中や」

桐屋が告げた。

「心当たりはおます」

「それはええ。ここで知らんと言うてたら、おまえを大坂へ戻したところや」

肯定した九平次に桐屋が口の端を吊り上げた。

「…………」

「案内し」

息を呑んだ九平次を無視して、桐屋が要求した。

「えっ……」

「聞こえへんかったんか、その闇のところへ連れて行けと言うたんや」

一瞬啞然とした九平次に桐屋があきれた。

「旦那をあそこへ……あきまへん。あんな危ないところへお連れするなんぞ、とんでもない」

九平次が首を左右に強く何度も振った。

「ほう、おもしろそうやな」

「あきまへん。旦那、あそこは旦那のようなお方が足を踏み入れられるところやおまへん」

興味を大きくした桐屋を九平次が止めた。

「おまえは行ってきたんやろ」

「わたくしは、間に立つ男がいてたので」

訊かれた九平次が述べた。

「ふうん。で、そこへ行ったおまえは、ただ見学してきただけかいな。伝手の一つも作ってけえへんかったんか」

桐屋が冷たい目で九平次を見た。

「いえ、一応、いざというときのための繋ぎは作って参りましたけど……」

「それを使えばええやろう」

嫌そうな九平次に桐屋があっさりと言った。

「ですけど、あんな連中を旦那と……」

「心配しいな。これでも若いときは無茶をしたもんや。商売の邪魔となった連中を片付けるために、大坂の闇と付き合《お》うたこともある」

桐屋がにやりと笑った。

「御用なれば、わたくしが行って参りまする」

なんとか九平次が桐屋をあきらめさせようとした。

「そんなに面倒な連中かいな」

桐屋が九平次に質問した。

「あれは人やおまへん。天狗《てんぐ》でおます」

「天狗……あの顔の赤い、鼻の長いやつかいな」

桐屋が怪訝な顔をした。

「見た目は普通の老人ですねん。ですが、雰囲気が常人やおまへん。なんか、気持ちを吸い取られそうな」

「ほう。よりそそられるがな。大坂の闇でもそんな化体《けったい》なのんはいてなかったで。なんとしてでも会いとうなってきたわ」

「…………」

楽しそうになった桐屋に、九平次が黙った。

「用意は要るか」

「会うだけでしたら、ちょっとした挨拶金ですみますが……」

「仕事を頼むなら、それ相応の前金を持っていかなあかんということやろ」

「へい」

桐屋の言葉に九平次が首肯した。

「とりあえず金包み二つほど持っていこか」

「五十両も……」

大金に九平次が目を剝いた。

「な、なにを頼みはるおつもりですねん」

「そんなもん、決まってるやろ。他人さまには言えへん用事や」

桐屋が嗤った。

「金もそれくらいあったら、話になるやろ。商人が闇を相手にするときは、金で相手の度肝《どぎも》を抜くくらいでないとあかん。けちくさいまねをして、肚のなかで嘲笑《ちょうしょう》されたら終わりや。こっちが食い破られるさかいな」

「……ごくっ」

九平次が息を呑んだ。

「こんなことで冷汗搔《か》きな。いずれおまえも一人前の商人として、店を持ちたいと思ってるんやろ。雇われてる間に経験しとき。店を持ってからやと遅いで。新しい店ちゅうのはな、前からある店からしてみれば、目の上のたんこぶや。なんとかして潰してやろうとするのも商売の一つやからな。そのときになってから、しもたと思うてたら、間にあわへんで。ええか。商売はやられるまえにやる。これが生き残るためのこつや」

「へ、へい」

教えに九平次が何度も首を縦に振った。

「ほな、行こか」

桐屋が九平次を促した。


九平次は桐屋を連れて洛東《らくとう》の南禅寺《なんぜんじ》を過ぎ、山手へと続く小道へと入っていった。

「あそこで」

すぐに九平次が立ち止まって、小道の先にある小店を指さした。

「何屋や、こんなとこにあって、客は来るんかいな」

桐屋が疑問を口にした。

「この辺にはお寺が多ございますやろ」

「京は寺だらけやがな」

九平次の説明に桐屋が突っこんだ。

「……その寺に参詣する者を相手にする線香屋ですわ」

「線香かいな。そんな儲けの薄いもん……そうか、儲けは闇で取るか」

桐屋が一人で納得した。

「入りまっせ。よろしいか」

もう一度念を押して九平次が、線香屋の暖簾《のれん》を潜った。

「おいでやす」

店番をしていた三十歳ほどの大年増《おおどしま》が、二人を迎えた。

「前にお見えになったお方どすな」

大年増が、九平次に気づいた。

「覚えてくれてたか。旦那に会いたいんやけどな」

「そちらのお方は、どなたはんどすか」

険しい目を大年増が桐屋へ向けた。

「うちの旦那や」

「桐屋利兵衛《りへえ》と申します。よしなに」

九平次の紹介に、桐屋が続けた。

「おたくはんが、あの桐屋はんですか」

「わたくしのことをご存じで」

手を叩いた大年増に、桐屋が驚いた。

「近衛はんに一千五百両渡しはったですやろ」

「なぜそれを……おいっ」

大年増の言った内容に驚愕した桐屋が、九平次を睨んだ。

「わたいやおまへん」

疑われた九平次が、慌てて首を横に振った。

「違いますえ。こちらにもいろいろと伝手がおますねん」

大年増が楽しそうに笑いながら否定した。

「怖ろしいことですな」

「公家はんを信じたらあきまへん。あの人たちほど口の締まりの緩いお方はおへんですえ」

緊張した桐屋に大年増が忠告した。

「胆に銘じときますわ。で、こちらの旦那はんにお目通りはできますやろか」

あらためて桐屋が申し出た。

「よろしおます。桐屋はんなら、主《あるじ》も文句は言いまへん。ちと待っておくれやすな。都合を訊いてきますよって」

そう言った大年増が下駄を履いて、店を出て行った。

「九平次、あの女はなんや」

「ここの旦那のお手かけはんですわ」

「手かけ……妾《めかけ》かいな。いや、すさまじい艶《つや》やな」

桐屋が感心した。

「そういえば、お遊《ゆう》はんは、お連れにならへんかったんで。お遊はんも四つ橋小町と呼ばれたお方」

九平次が、桐屋の妾の名前を出した。

「手切れしてきた。しばらく京から離れられへんよってな。抱きもせん女に金かけてられへんやろ。欲しゅうなったら、祇園《ぎおん》でも木屋町《きやまち》でもいけばええ。後腐れもないし、家が要るとか、ばあやを雇うとかもせんでええしな。ちょうどええ機会やったわ」

あっさりと桐屋が捨てたと言った。

「……さいですか」

九平次が唖然とした。

「それより、あの女はどこへ行ったんや」

「旦那のところですわ。この裏に小さな御堂がおますねん。旦那はそこで守《もり》してますねん」

寺が無住になったり、世話をするものがなくなった御堂などを維持するために、商家の隠居や商いに向かない次男、三男などの厄介者が守になることは、京でさほど珍しい話ではなかった。

「なるほどな。この線香屋は見張りやな」

桐屋が気づいた。

一本道の入り口とはいわないが、少し入ったところにある店からだとやってくる者がよく見える。

「ということは、あの女がよほどの遣い手か、近くに誰かが潜んでいるか」

そこできょろきょろと周囲を見渡すほど桐屋は愚かではなかった。

「えっ……」

九平次が呆然としていた。

「じっとしとき。動きな」

桐屋が九平次を抑えた。

「しかし、あれだけの女を見張りにするとは怖ろしいな」

「えっ、えっ」

まだ九平次は混乱していた。

「……そうか、おまえはまだ独身《ひとりみ》やったな」

桐屋がため息を吐いた。

「嫁をもらうだけではあかんなあ。もう、女の顔なんぞ見たくはない、脂粉の香りなんぞ、鼻についてかなわんというくらいにならんと無理か」

一人で桐屋が納得していた。

「旦那、どういうこってすねん」

九平次が我慢しきれずに訊いた。

「おまえ、あの女の胸元ばっかり見てたやろ」

「…………」

　図星を突かれた九平次が黙った。

「ああ、怒ってるわけやないで。あれだけの女が、胸元くつろがせて、真白い胸乳《むなぢ》を半分ほうり出してるんや。目を奪われへんのは女か、子供か、よほど枯れた爺《じじい》かや」

「すんまへん」

　九平次が指摘されて頭を掻いた。

「つまりは、この店へ来た者のほとんどは、女に気を奪われるっちゅうわけや。となれば、背中はお留守になるやろう」

「たしかに」

「ちょっとした腕の無頼や浪人ていどが、隙《すき》だらけの背中をしてたら、どうにでもできるやろう」

「おおっ」

　説明を受けた九平次が感嘆した。

「そやからよう考えていると言ったんや」

　桐屋がうなずいた。

「……お待たせしたの」

振り向かずに桐屋が背後へ声をかけた。

「いえ、おもしろいお話でおした」

いつの間にか帰ってきた大年増の女が、笑いながら出てきた。

「へっ」

九平次が絶句した。

「すまんこって。こいつはまだ修業中ですよってな、許してやっていただきたく」

「いえいえ」

間抜けな反応をした九平次を桐屋がかばった。

「一つお伺いしてもよろしおすか」

大年増の女が小首をかしげた。

「どうぞ、なんでも訊いておくれやす」

桐屋が許可した。

「どうして、わたくしが戻って来たとおわかりになりやしたので」

「この店が見張りやったら、いろいろと旦那はんの指示を仰がなあかんこともおますやろ。来た奴を殺すか、追い払うか、それとも通すか。多少はあんたはんが融通できるとは思うけど、そうでないときもある。そんなときに素早く連絡が取れへんかったら、見張りの意味がないですわな」

「近くに旦那さまがおられると」

「ここに異変があったことを知ってからでも逃げ出せるほどの距離はおますやろうけど、それほど長いとは思えまへんよってな。まあ、ええころあいやろと」

たしかめるような大年増に、桐屋が答えた。

「畏れ入りました。どうぞ、こちらへ。主がお目にかかりますよって」

大年増が、桐屋に頭を垂れた。

小道を少し進んだところで、左へ曲がる獣道《けものみち》のようなものがあった。そこへ大年増は桐屋と九平次を先導した。

「こちらでおます」

大年増が、背の高い雑草に隠された御堂を示した。

「……ええとこでんな」

足を止めて見た桐屋が褒めた。

「どこにでも逃げ込めるようになってる」

「なかなかおできになるようじゃ」

笑いながら御堂のなかから白髪をていねいに結った老齢の男が出てきた。

「お邪魔をいたしております」

桐屋がていねいに小腰を屈めた。

「陋屋《ろうおく》へようこそのお見えで。お浪《なみ》、茶の用意をな」

「あいあい」

歓迎すると告げた老齢の男が、大年増に指示した。

「どうぞ、お上がりを」

老齢の男が桐屋を誘った。

「おまえは、外で待ち」

九平次に待機を命じて、桐屋が続いた。

「不意にお邪魔して申しわけおまへん。大坂で商いをしておりますす桐屋利兵衛でございます。お見知りおかれまして、今後よろしゅうお願いします」

腰を下ろした桐屋が名乗った。

「これはごていねいなご挨拶。痛み入りまする。わたくしはこの散魂堂《さんこんどう》の守をしております砂屋楼《すなやろう》右《え》衛門《もん》で」

老齢の男も名乗り返した。

「砂上《さじょう》の楼閣《ろうかく》ですか。なかなか趣《おもむき》のあるお名前で」

「お誉めに与《あずか》り」

桐屋と砂屋楼右衛門と言った老齢の男が笑い合った。

「どうぞ、粗茶でおます」

そこへ身だしなみを整えたお浪が茶碗を差し出した。

「遠慮のう、ちょうだいします」

桐屋が差し出された茶を、ためらいなく口にした。

「いやいや、なかなか」

楽しそうに砂屋楼右衛門が笑った。

「毒を警戒なさらへんのどすか」

お浪が驚いた。

「からくりをちょっと見抜いたくらいで毒を盛ろうかという連中やと、こちらからお断りですわ。第一、片付けるつもりやったら、線香屋から、ここまでの間にいくらでも機会はおましたやろ。ここで毒を盛って、血でも吐かれたら、御堂を掃除せんならんですがな」

「ふはははっは」

桐屋の答えを聞いた砂屋楼右衛門が大声で笑った。

「いやいや、なかなか商人とは思えへん肚のすわりようでんな」

砂屋楼右衛門が口調を崩した。

「それくらいでないと、京で御所出入り、いずれは天皇家御用をと大坂から出てきたりはしはりまへんわな」

「よくご存じでおますな」

さきほどのお浪との会話を含めて、桐屋が感嘆した。

「近衛はんに渡しはった一千五百両のうち、五十両もろうた公家がおりますねんけどな、それ、わたしの息子ですねん」

「……それはっ」

砂屋楼右衛門の言葉に桐屋が息を呑んだ。

「家名は勘弁しておくれや。一応四位の侍従なんでな。そんな家が、こんな隠居を抱えてると知れたら、おおごとになる」

「四位とはまた高位な」

公家は三位から上を公卿と呼び、それ以下との区別を付ける。四位は公卿以下には違いないが、それでももっとも公卿に近い。朝廷に幾百の公家がいても、四位にまで上がれるものはほんの一握りであった。

「ついでにやけどな、お浪は六位の諸大夫の娘や」

「なんともはや」

大きく胸肌を晒していた女が、六位の諸大夫の娘と聞かされた桐屋が目を剝いた。

「まあ、そんなもんは、仕事にかかわりはないことで」

砂屋楼右衛門が口の端をゆがめた。

「そうでんな。しっかりと仕事をしてもらえれば結構ですわ」

桐屋が同意した。

「お仕事のお話を伺いまひょ」

砂屋楼右衛門が桐屋を促した。

「百万遍の一件はご存じですやろ」

「禁裏も大騒ぎですわ」

確認した桐屋に砂屋楼右衛門がうなずいた。

「ほな、話は早い。頼みごとは二つ。一つは禁裏付屋敷に捕らえられている公家はんの始末」

「南條蔵人の命、ふむ。となると、もう一つは禁裏付東城典膳正の首ですな」

指を一つ折った桐屋に砂屋楼右衛門がすべてを悟った。

「そないだす」

首肯した桐屋が懐から金包み二つ、五十両を取り出して床に置いた。

「前金でこれだけ。終わってから残り同額」

百両出すと桐屋が告げた。

「ずいぶんと張りこんでくれはりますな」

砂屋楼右衛門が金に手を伸ばさずに言った。

「それだけこれは面倒な仕事、そうでっしゃろう」

桐屋が砂屋楼右衛門の目を見た。

「ですな」

砂屋楼右衛門が同意した。

「どないです、引き受けてもらえますやろうか」

「三日いただきまっせ」

可否を問うた桐屋に砂屋楼右衛門が告げた。

「それは早い」

桐屋が絶句した。

「任せてもらいまひょう。無駄金は遣わせまへん」

砂屋楼右衛門が金を手にした。

御堂を出た桐屋が、大きく息を吐いた。

「旦那……」

「ようあの男の本性を天狗やと見抜いたな。褒めたるわ」

気遣った九平次に桐屋が言った。

「おだやかに見えるけど、あれの目は人と違う。汗掻いたわ。喰われんように気を張らなあかん」

桐屋が手ぬぐいで脇の下を拭った。

三

枡屋茂右衛門は、絵師伊藤若冲であると同時に、錦市場の世話役でもあった。

「どないしょう、枡屋はん」

錦市場にある青物問屋枡屋へ、近隣の店主が集まっていた。

「むうう」

枡屋茂右衛門が腕をくんだ。

「このままやったら、遠からず、錦市場は桐屋市場に名前変えなあかんなりますで」

乾物屋の主が切迫した声を出した。

「もう、八軒の店が桐屋に買われましたんやで」

味噌屋の主が悲壮な顔をした。

「十軒や。若狭《わかさ》屋はんと湖《いけ》屋はんが、店を売った」

酒屋の主人がため息を吐いた。

「そんな……」

「若狭屋はんは、錦市場創設以来代々続いてきた老舗でっせ」

「湖屋はんなんぞ、先代、先々代と世話役をしてはったのに」

味噌屋の主と乾物屋の主が呆然とした。

「織田信長はんやないけど、是非に及ばずというやつやな」

枡屋茂右衛門が首を横に振った。

「しゃあけど、枡屋はん」

「落ち着きなはれ、井筒屋はん」

まだ納得できないといった味噌屋の主を枡屋茂右衛門が宥めた。

「店を売る。商売人にとって、それは親や子を売るほど辛いもんや。それを若狭屋はんと湖屋はんは決断しはった。店という生活のもとを手放すに応じた金が渡されたんと違うかいな。皆様方もどないです。もし、千両出すよってに店売ってくれと言われたら」

「千両やったらごめんですな」

「…………」

「ううっ」

酒屋が否定し、味噌屋と乾物屋が黙った。

「ですやろ。これも商いでっせ。商人は商品を売ってなんぼ。損得を勘定して、売ったほうが儲かると考えたら売って当然。これを非難するのは、いかがなもんやろ」

枡屋茂右衛門が、店を売った二人を援護した。

「では、枡屋はんも……」

「わたしは売りまへん。というか売れまへん。店は弟に譲ってますよってな」

問われた枡屋茂右衛門が首を左右に振った。

錦市場でも名門になる青物問屋枡屋の長男として生まれた茂右衛門は、そのまま親の跡を継いでいた。しかし、どうしても絵画への思いを断ち切れず、店を弟に譲り、隠居して画業に専念したのであった。

「では、弟はんが店を売ると言いはったら」

「一応は止めますな。しゃあけど、隠居ができるのは意見をするまで。すべては当主が決めることですよって、それでも売ると言うたなら、しゃあおまへん。画材をまとめて出ていくだけですわ」

枡屋茂右衛門が述べた。

「そんな……」

「桐屋に対抗するために、一枚岩にならなあかんときに……」

味噌屋と酒屋が啞然とした。

「五条市場がこっちを吸収しようとしたときには、皆で戦いましたのに」

乾物屋が嘆いた。

数年前、五条市場が京都東町奉行所の与力、同心らを使って、錦市場の開業免状を無効にしようとした。免状が無効になれば、五条市場と近い錦市場は、無用とされて取り潰され、吸収されてしまう。

まさに錦市場開闢《かいびゃく》以来の危機に、商店主一同は心を合わせて抵抗した。

「なんとか頼んます」

隠居していた枡屋茂右衛門も、商店主たちの願いに応じて走り回った。

「こういうことがございましてな。ちと手が取られ、絵を描くのが遅れます」

「すんまへん。とてもお仕事をお請けできまへんわ。市場が大事ですねん」

すでに天下の絵師として名の売れている枡屋茂右衛門への注文は引きも切らない。

しかも相手は名刹、公家、京を代表する豪商、大名なのだ。枡屋茂右衛門の口上を黙って聞いている者などいなかった。

「なにをしている」

「配下も抑えられぬ奉行とは笑止なことだ」

京都東町奉行のもとへ苦情が、脅しが寄せられ、たちまち一件は落ち着いた。

「手を引く」

いつかは京を去る町奉行とはいえ、与力や同心の人事を握っている。さらに町奉行よりもはるかに怖い高僧や豪商を敵にして、京で生きていけるはずはなく、与力、同心がさっさと逃げた。

こうして五条市場の策略は潰れた。

もっとも完全に火が消えたというわけではなく、まだ熾火《おきび》は残っている。そこへ桐屋がやってきたため、錦市場は不利な状況にあった。

「金には勝てんということですな」

一言で、枡屋茂右衛門が事態の根本を指摘した。

「五条市場は、金やのうて権力で向かって来た。ゆえに儂《わし》らは抵抗できた。商人に権力を振りかざして、勝負を挑む商人なんぞ、愚か以外のなんでもない。商人ほど権力を嫌う者はおらん」

枡屋茂右衛門が一同を見ながら続けた。

「しかし、今度は違う。金や。桐屋は金で攻めてきた。戦場に、こっちも出ざるをえん。戦場へ行かへんかったら、商人を辞めるしかないからな」

「…………」

一同が息を呑んだ。

「で、負けた。関ケ原も真っ青な負けっぷりや。なんせ、高《たか》が違いすぎる。錦市場全部合わせても、一万両の金は集まらんやろ」

「五千両も無理やな」

枡屋茂右衛門の言葉に酒屋が同意した。

「しかし、桐屋は一万両どころか三万両でも用意できる。そんなんに勝てるか」

「そんなあ……」

「あかんかあ」

乾物屋と味噌屋が泣きそうな声をあげた。

「枡屋はん、あんまり虐《いじ》めたらんといておくれやすな」

酒屋が注意をした。

「すまんの」

指摘された枡屋茂右衛門が苦笑した。

「金で勝てんねやったら、他のもので勝負せいということや」

「他のもので……」

乾物屋が首をかしげた。

「商品の質で……」

味噌屋が言いかけて黙った。商品の質も金でどうにかできると気づいたのだ。

「わからへんのかいな」

枡屋茂右衛門がため息を吐いた。

「まあ、儂にもう一回、お寺とか公家、大名へ桐屋の排除を頼まなかっただけましやな」

「かなんお人やなあ」

笑う枡屋茂右衛門に酒屋が肩をすくめた。

「わかりまへん」

「降参ですわ」

わかっている二人に、わかっていない二人が答えを求めた。

「お客はんとの絆《きずな》やがな」

「あっ」

「そうや」

枡屋茂右衛門の答えを聞いた乾物屋と味噌屋が手を打った。

「京は、大坂と違う。利害は大事やけど、それ以上につきあいを重んじる土地や。代々の出入り先をちょっとした値段の差で代えるようなお客はんはいてへんで」

そもそも市場で売り買いされるものだ。値段を変えたところで、一文変わるか二文変わるかでしかない。もちろん、桐屋の財力を背景に思いきった値下げもできるが、それは続かない。損を続けていたら、穴の開いた樽がいつか空になるように、どんな豪商も潰れる。

客もそれを知っている。無理をしている店がどういう末路をたどるかを、客はよくわかっている。馴染《なじ》みの店を裏切って、安売りに傾けば、その店がなくなったときに行き場所を失う。いかに商売人とはいえ、煮え湯を飲まされた相手を大事にはしない。どんなときでも掌《てのひら》を返さなかった客を優先するのは当然だ。

「それだけの数は用意できまへん」

「品物は、ここにあるだけで、他にはおまへんなあ」

「この値段で御不満やったら、他《よそ》さんへお行きやす」

裏切りに商人は手厳しい。とくに長いつきあいをなによりのものとする京の商人は、決して裏切った者を許さない。それこそ、本人が死んで、代替わりしても変わらない。末代まで語り継いでいく。

そうなったら、裏切った客はそこで生きていけない。なにせ、その店以外でも同じ目に遭うからだ。

もちろん、客も同じだ。長いつきあいでありながら、中途半端なものを売りつけただとか、品薄に便乗して値上げをしたとか、そんなまねをした商店を許容はしなかった。

「わかったなら、することをしいや。まったく、店を空けて、らちもないことで悩んでどないすんねん」

枡屋茂右衛門が手を振って、商店主たちを追い出した。

四

日記部屋で豪勢な昼餉を食いおわった鷹矢のもとへ、土岐が現れた。

「ありゃあ、もう食べ終わらはったんですかいな。残っていたら、ちょっと分けてもらおうと思うてましたのに」

土岐が嘆いた。

「他人の食い残しを期待するな」

「ただですねんで」

あきれた鷹矢に、土岐が言い返した。

「わかった、わかった。後で屋敷へ寄れ。そなたの分の夕餉《ゆうげ》を用意するように、布施どのに頼んでおく」

「かたじけなしでっせ」

土岐が手を叩いて喜んだ。

「ほな、帰りに行きますわ」

「ああ、待っている」

あっさりと二人は離れた。

禁裏付の仕事は食事と帳面の確認だけである。その後、一刻（約二時間）ほどで鷹矢は、御所を出た。

「殿」

京に来てから召し抱えた護衛の檜川《ひかわ》が、鷹矢を待っていた。

「なにもなかったか」

「はい。異変は感じられませぬ」

襲撃を何度も受けた鷹矢は用心深く、檜川に剣呑《けんのん》な気配がないかと問い、檜川が否定した。

「よし」

鷹矢は用意された駕籠へ乗った。

禁裏付は幕府の代理だけに、権威をひけらかして京の公家、民を威圧しなければならない。

そのため、御所と百万遍というわずか数丁（二、三百メートル）ほどの道のりをわざわざ槍を立てて行列で移動した。

「…………」

京で静謐の声をあげることは将軍といえども許されていない。幕府代理とはいえ、鷹矢の乗った駕籠は、無言で進む。

「禁裏付や」

「見てみい、あの槍。穂先が日を照り返して光ってる。あれで敵を突き殺すんや。なんとも怖ろしいやないか」

行列を見た京の民は、なにかあっては大変だと、あわてて道を空ける。

「禁裏付の行列が参りま」

のんびりと歩んでいた牛車の御者が、輿《こし》に声をかけた。

「あかん、鉢合わせしたら、どんな難癖を付けられるかわからへん。道を折れや。どこでもええ、辻へ入ってやり過ごすんや」

輿から焦った返答がした。

「へい。こっちや、こっち」

御者が言われたようにしようと牛にくくりつけられた鼻輪緒を引いたが、馬ではない。そうそう簡単に鼻先の向きを変えることはできない。また、牛車は輿に車輪を固定しているだけに、直進あるいは後進しかできず、左右への移動は大いに手間取った。

「あかん、間に合わへん」

御者が顔色を変えた。

「ひえええええ」

輿のなかで公家が頭を抱えた。

「…………」

道の中央を歩んでいた禁裏付の行列が、少し進路を片寄せた。

「……えっ」

禁裏付の行列が避けた。あり得ない風景に御者が唖然とした。

「どないしたんや」

牛車の動きが止まったことになかの公家が怪訝の声を出した。

「禁裏付が牛車を避けましてん」

「そんなわけないやろ。夢でも見たんと違うか」

公家が否定した。

「旦《だん》さん、御簾から覗いておくんなはれ」

御者が確認してくれと願った。

「……ほんまや」

御簾の隙間を広げた公家が、禁裏付の行列が道の端を進んでいくのを見た。

「御所から南へ下るのは、百万遍の禁裏付……たしか東城典膳正というたはずや。まだ京へ来て新しい禁裏付」

公家が首をかしげた。

「今までとは違うぞ」

基本禁裏付は、公家に難癖を付けるのが仕事と勘違いしているような連中ばかりであった。

「前任の西旗《にしはた》なんとやらは、酷かったが。禁裏付の行列の阻害をするのは、幕府に対し、思うところがあってのことだろうと、こっちが頭を下げるまで絡んで来た。それに比べれば、ずいぶんとましか、いやより怖いのかも知れん」

「動かしまっせ」

思案している公家に御者が告げた。

静かに周囲を威圧しながら歩みを重ねた鷹矢の行列に動きがあった。

「お戻りいいいい」

先導役が語尾を長く引く独特の声を出した。

「ええええい」

それを受けて禁裏付役屋敷の表門が開き、行列が入った。

「お帰りなさいませ」

玄関式台に下ろされた駕籠から出た鷹矢を弓江が出迎えた。

「うむ。なにもなかったかの」

太刀を弓江に渡しながら、鷹矢が訊いた。

「別段、異常はございませぬ」

太刀を両手で捧げながら、弓江が答えた。

「なによりだ」

今朝は南條蔵人の一件を含め、いろいろとあった。鷹矢が安堵したのも無理はないことであった。

「お帰りやす」

居室で温子が待っていた。

「……大事ないか」

鷹矢が温子の顔色を見た。

「お気遣いおおきにどす。もう、落ち着きました」

温子が気遣いに感謝した。

「父御と話はしたか」

「いいえ、もう、親でも子でもおへん」

問うた鷹矢に温子が拒んだ。

「そうか……」

鷹矢はそこで話を止めた。

「お手伝いを……」

すっと腰をあげて、温子が鷹矢の後ろに回った。

衣冠束帯《いかんそくたい》というのは、脱ぎ着が面倒であった。あるていど紐をほどけば、己でも脱げるが、しわが入る。しわの入った衣冠束帯を身につけて昇殿なんぞしようものなら、公家だけでなく仕丁たちにも笑われる。

もちろん、しわが入ったならば、火熨斗《ひのし》をかければすむが、かなりの手間になる。手があるならば、うまく脱がせてもらうのが良手であった。

「……典膳正さま。土岐さまがお出でてございます」

弓江が報告に来た。

「おおっ、そうであった。夕餉を共にと誘っていた。頼めるか」

鷹矢が衣冠束帯をていねいにたたんでいる温子に尋ねた。

「……少し、遅れても」

しばらく考えた温子が鷹矢に猶予を願った。

「昼餉が多かったので、そのほうが助かる」

禁裏付の接待ともいうべき御所の昼餉は、三の膳まである。残したら仕丁や雑仕たちの腹に収まるので、全部片付けなくともよいが、それでも一箸ずつは付けなければならない。

味見も職務であり、使用されている食材が帳面に記載されているものと同じかとか、調味料の種類や質も確かめる意味もあった。

「では、買いものに出て参りまする」

温子が立ち上がった。

「布施どの」

「はい。檜川さまにお願いすればよろしいのでございますね」

鷹矢の目配せに、弓江が気づいた。

「ああ。しっかりと警固をとな」

「承知いたしました」

うなずいた弓江が檜川のもとへと向かった。

「典膳正はん、お言葉に甘えに来ましたで」

入れ替わりに土岐が居室に顔を出した。

「すまんが、夕餉は少し遅くなる」

「食べさせてもらえるだけでありがたいことで」

詫びた鷹矢に土岐が手を振った。

「ところで、どうであった」

鷹矢が問うた。

ただ夕餉を食べたいからといって土岐がやってくるとは最初から思ってはいない。鷹矢は夕餉を土岐が話をするための口実だと読んでいた。

「評判は最悪でっせ」

「もともといいはずはない。評判なんぞ、どうでもよい」

土岐に言われた鷹矢は苦笑した。

「あきまへん。京での評判は馬鹿にしたもんやおまへんで。評判は一日で洛中に広がり、あっという間に典膳正はんの評価が固まりま」

「そのていど……」

「はあぁ」

気にしないと言いかけた鷹矢に、土岐が盛大なため息を吐いた。

「お若いでんなあ」

土岐が鷹矢を評した。

「…………」

若いというのは、蔑称《べっしょう》とまでいかなくとも侮《あなど》られているとの意味だとは、鷹矢もわかっていた。鷹矢が鼻白んだ。

「実際に典膳正はんと会って、確かめての評価やったらしかたおまへん。それは典膳正はんがそれだけの人物でしかなかったということですよって」

「むっ」

露骨に言われた鷹矢が膨れた。

「やめておくれやす。頬を膨らませてええのは、歳頃の娘はんだけでっせ」

土岐があきれた。

「他人の評価っちゅうのは、己でどうにでもできるもんでっせ。ええ評価を得たいなら、周りを気にしたらすむことで」

「機嫌を取れと」

「はい」

確認した鷹矢に、土岐がうなずいた。

「そんなことはできぬ。禁裏付は御上の顔であるぞ」

禁裏付が公家に媚びるなどできないと鷹矢が拒否した。

「ほな、低評価に甘んじなはれ」

冷たく土岐が切り捨てた。

「むっ」

「問題は、典膳正はんに会うたことさえない連中が、評判を真に受けることでっせ」

不機嫌な鷹矢を放置して土岐が告げた。

「会う前から評価が悪い。そういうやつと、典膳正はんは会いたいと思わはりまっか。思いまへんやろ。できたらかかわり合いになりたくない」

「むうう」

土岐の言葉に鷹矢は唸るしかなかった。

「会うたところで、ええ気分やおまへんやろ。というより、端《はな》から面倒やと思うているようで、交渉や話し合いがうまくいきまっか」

「いくまいな」

尋ねられた鷹矢は首肯した。

「それでお役が務まりまっか」

「どうしろというのだ。明日から愛想を振って回れと」

鷹矢が反発した。

「極端でんなあ、そう気を荒げては話になりまへん」

土岐が小さく首を横に振った。

「余計な敵を作りなはんなと言うてまんねん」

「…………」

「誰彼かまわず嚙みつくのは止めなはれ」

「そんなことはしておらぬ」

「そこでんねん。典膳正はんがどう考えているかは別でんねん。受け取る側がどう感じているかが重要でっせ」

大きな声になった鷹矢を土岐が諭した。

「わかりまへんか」

土岐が鷹矢の様子から類推した。

「わからぬ」

少し意固地になった鷹矢が首を大きく左右に振った。

「同時に敵を二つ以上にするのは止めなはれ」

「……それはっ」

土岐の助言に鷹矢が息を吞んだ。

「今は二条はんだけを相手にしなはれ。他の摂家に手を出してはいけまへん」

「出しているつもりはないぞ」

「気づいてない……」

今度は土岐が驚いた。

「なんの話だ」

鷹矢が首をかしげた。

「近衛はんに手を出してますやろ」

「知らぬぞ。近衛さまとはまったくかかわっておらぬ」

きっぱりと鷹矢が否定した。

「………」

じっと土岐が鷹矢の顔を見つめた。

「そうか、そうですねんな」

「一人で納得するな」

何度も首を縦に振った土岐に、鷹矢が文句を付けた。

「桐屋という商人をご存じですやろ」

「たしか、錦市場を狙っている大坂の商人だったな。一度枡屋と一緒におるときに会ったというか、見た」

確認された鷹矢が思い出した。

「その桐屋は、近衛はんと繋がってまっせ」

「大坂商人と近衛さまが……どう繋がるというのだ」

鷹矢が混乱した。

近衛家は先代内前《うちさき》が関白、当代経熙が右大臣と五摂家のなかでも高位になる。いや、天皇家に次ぐ名家だといってもまちがいではなかった。

その近衛家と大坂の商人、それも錦市場に用心棒を連れて乗り込むような、まともではない商人との間に繋がりがあるなど、鷹矢には信じられなかった。

「金でんがな。公家と商人、金以外でのつきあいなんぞおまへんわ」

土岐が断言した。

「金か」

鷹矢が呟いた。

天下を思うがままにしているはずの幕府でさえ、金がないのだ。八代将軍吉宗が倹約と改革で遺した金も、政に関心を持たなかった九代将軍家重、十代将軍家治の二代で使い果たされてしまっている。

幕府がこうなのだ。その幕府から金をもらっているに近い朝廷に余裕があるはずもなく、公家も生活の余裕はないに等しい。

「娘を捨てる」

系譜から外して、娘を大坂商人の妾に出す公家は多い。また、外出できる服を持っていないがために、出仕せず無役のままという下級公家もいた。

「五摂家筆頭があやしい商人と手を組むなど……」

「あやしいからこそ、まっとうな後ろ盾が欲しいんとちゃいますかいな」

まだ信じられないといった風の鷹矢に土岐が述べた。

「あやしい者を近衛さまが近づけられると」

「そらあやしい者が持ちこもうが、素性正しい者が持ちこもうが、小判は小判でっさかいなあ」

鷹矢の疑問に土岐が返した。

「なんという……」

「落ち着きなはれや。さっきも言いましたやろ、一度に相手をするのは、一人だけにしときと」

「しかしだな、近衛さまがうろんな大坂商人に利用されるのを黙って見ているわけにもいくまいが」

禁裏付には朝廷の平穏を守る義務がある。鷹矢が土岐の戒めに首を横に振った。

「……甘いでんな」

心底あきれた顔で、土岐が鷹矢を見た。

「なにがだ」

土岐の意図が読めず、鷹矢は首をかしげた。

「千年を生き抜いた公家、その筆頭たる近衛はんが、たかが大坂商人に利用されるはずおまへん。利用される振りをして、骨の髄までしゃぶるんが公家っちゅうもんですわ」

「内大臣ともあろうお方がか」

語る土岐に鷹矢が日を剝いた。

「官位が上がるほど、公家は鵺《ぬえ》に近づきますねん。そこをしっかりと頭のなかに覚えさしておかな、典膳正はんが喰われまっせ」

「鵺……」

土岐の忠告に、鷹矢は絶句した。

第三章　朝議混乱

一

禁裏付役屋敷の潜り戸を出た温子は、寺町通りを南下、下御霊《しもごりょう》神社を過ぎたところで右へ曲がり、竹屋町通りへと入った。

「……よかった。まだ開いてる」

温子は竹屋町通りの豆腐屋の前で足を止めた。

「おいでやす。なにが御入り用で」

豆腐屋の親爺が温子を迎えた。

「まだ豆腐はあるん」

「おますで」

温子の問いに豆腐屋の親爺が答えた。

「よかった。ちいと遅いかと心配しててん」

ほっと温子が胸を押さえた。

豆腐屋は朝の早い商売である。夜が明ける前から起き出して豆腐を作る。これは朝食の菜として豆腐を求める客に応じるためで、その代わり売り切れ次第に店は閉められる。すでに夕刻に近い今、豆腐が残っていないかも知れないと思いつつ、温子は足を運んだのであった。

「二丁おますけど、二つとも……」

「もちろん、もらいます。他に切らずもあるだけおくれやす」

切らずとはおからのことだ。おからは空になるから縁起が悪いということで、豆腐のように切られず売られているところから、切らずと上方では称していた。

「おおきに。これで店じまいや」

豆腐屋の親爺が喜んだ。

「ちいとおまけしときましたんで」

少し値引きしたと豆腐屋の親爺が言った。

「おおきに。また来るわ」

受け取って温子が背を向けた。

「急がんと、典膳正はんのお腹が空《す》きはる」

温子が裾《すそ》の乱れないぎりぎりの速度で小走りになった。

「待ちや」

ふたたび寺町通りへ戻ったところで、温子に制止がかかった。

「…………」

「聞こえんかったんかいな。待ちと言うてるんや」

無視して歩を進める温子に、苛立った声が投げられた。

「…………」

「待てと言うとる。わざとやな」

それでも対応しない温子に、辛抱できなくなったのか手が伸びた。

「なにしはんねん。女の身体《からだ》に勝手に触らんとってんか」

温子が大声を出した。

「きさま、麿をなんだと思っておるのだ」

「松波雅楽頭はんですやろ」

怒った男に、温子が向き直った。

「わかってやってるとは、無礼であるぞ。そもそもそなたは、麿の奉公人であろうが」

身分を盾に、松波雅楽頭が周囲の野次馬を納得させようとした。

「わたしが、あんたはんの奉公人……」

わざとらしく温子が驚いた。

「わたしは禁裏付東城典膳正さまの女中でおます。おまはんの奉公人とは違いますえ」

温子が大きく首を左右に振った。

「ええのか。御所はんのお力を借りたら、南條蔵人を助けることもできるんやぞ」

「そんなお方は存じまへん。知らんお方のために、わたしが手間取る意味はおまへん」

父親の名前を出した松波雅楽頭に温子は手厳しい拒絶を返した。

「ならば、母親と妹はどうする。父が捕まっては、とても生活していけぬ。もちろん、二条家は助けぬ。そなたが屋敷へ戻るというならば、麿が御所さまへ願ってくれるが」

父親では駄目だと悟った松波雅楽頭が、今度は温子の母と妹を交渉の材料に出してきた。

「しばらくは大丈夫ですわ。まだ南條蔵人さまの罪が決まったわけでもなし。南條家が潰れるにしても、少し先の話」

温子は相手にしなかった。

武家でも同じだが、当主がなにかしでかしたときでも、罪が確定し、咎めが決められるまでは、そのまま家は維持される。さすがに蔵人としての役目をできていないので、余得までは入らないが、わずかばかりとはいえ家禄がある。母娘の二人ならば、贅沢はできないが、生きていくには困らなかった。

「こいつっ。ええい、面倒じゃ。付いて来い。御所さまがお待ちじゃ」

怒った松波雅楽頭が、温子の手を摑もうとした。

「無体《む　た》は止めていただこう」

松波雅楽頭の背後に近づいた檜川が、殺気を漏らした。

「ひっ」

背筋が凍るような感覚に、松波雅楽頭が腰を抜かした。

「檜川はん」

「殿が、温子どのを守れと仰せになられたゆえ」

表情を明るくした温子に、檜川が告げた。

「典膳正はんが……」

温子がうれしそうに呟いた。

「き、きさま、無礼じゃぞ。磨を……」

「二条家の家宰が、天下の大道で女を手籠《てご》めにしようとしていた。そう叫んでもよろしいのでござるな」

身分を表にしようとした松波雅楽頭を檜川が脅した。

「……うう」

松波雅楽頭が詰まった。

公家ほど外聞を気にする者はいない。

「覚えておれや」

捨てぜりふを残して、松波雅楽頭が逃げ出していった。

「なにがしたかったのだ」

檜川が唖然とした。

「典膳正はんを抑える道具として、わたしをとりあえず手にしておきたかったんと違いますか」

「なるほど」

温子の推測を檜川が認めた。

「母と妹まで出してくるとは思いまへんでしたけど」

「なりふり構わぬようでござるの」

二人が顔を見合わせた。

「お願いがおす」

温子が檜川の目を見た。

「ことと次第によりまするが……」

いかに美しく若い女の頼みでも、すべて聞き届けるというわけにはいかない。まして檜川は鷹矢の家臣なのだ。主家あるいは主君へ害をなすようなことは、決して引き受けることはできなかった。

「母と妹のこと、典膳正はんには報せんとって欲しいねん」

温子が頼みを口にした。

「それはなぜでございまする」

当然の質問を檜川はした。

「典膳正はんはお優しいよってな。母と妹の苦境を知れば、なんとかしようとしてくれはるやろ。わたしのことだけでも迷惑かけているのに、それ以上はさすがに辛い」

「確かに殿はお優しい。好ましいことではござるが、ときと場合によっては、歯がゆい」

温子の意見に檜川が同意した。

「わかりましてござる。そのことについては、聞かなかったといたしましょう」

「おおきに」

認めた檜川に温子が頭を下げた。

吉事は午前中、凶事は午後というのが慣例になっている。

「今上さま。武家伝奏広橋中納言がご拝謁《はいえつ》を賜《たまわ》りたいと参しておりまする」

そろそろ湯殿《ゆどの》へ行き、一日の汚れを潔斎《けっさい》して、寝殿へ入ろうかという刻限に、光格天皇へ目通り願いが出た。

「通せ」

いかに天皇とはいえ、百官の求めをゆえなく拒むことはできない。

光格天皇は広橋中納言の目通りを許した。

「賢き御前に……」

広橋中納言が決まりきった口上を述べた。

「そちも健在でよきかな」

光格天皇が返した。

「遅き刻限にお目通りを願いましたのは……」

広橋中納言が南條蔵人の一件を報告した。

「蔵人が禁裏付に捕らえられたと申すのだな」

知っているとは言えない光格天皇は、一応驚いた声を出した。

「はっ、畏れ多きことながら、事実でおじゃりまする」

「中納言、そちの話では蔵人が禁裏付の屋敷へ無体をしかけたように聞こえたが、なぜそのようなまねをいたしたのじゃ。蔵人は武で仕える者ではなかろう」

光格天皇が出されて当然という質問をした。

「聞き及んだところによりまするると、蔵人は娘が禁裏付に捕らわれたと勘違いいたしたようで……」

「おかしいの」

説明する広橋中納言を光格天皇が遮《さえぎ》った。

「禁裏付がそのようなまねをしたか、しないかは別にしてじゃ。疑惑があるならば、禁裏付屋敷を調べよと京都所司代へ願うのが筋であろう」

光格天皇が尋ねた。

禁裏付は老中支配だが、任にある間は京都所司代の管轄になった。

「さようでおじゃりまするが、なにぶんにも娘のこと。父親としては、その身を汚される前に取り返したいと思うのは当然」

「ほう。今の禁裏付は、公家の娘をさらって、手籠めにするような品性下劣な者だと申すのじゃな。それはいかぬであろうぞ。ただちに江戸へ申し付け、人を替えさせるべきじゃ。中納言、武家伝奏として所司代へ向かうがよい。朕《ちん》は不快じゃと言え」

禁裏付交代を幕府へ求めよと光格天皇が怒りを見せた。

「そ、そのような者では……」

あわてて広橋中納言が否定した。

「そうなのか。役目柄禁裏付と会ったであろう、そなたの申しようならば、朕も信をおこう」

「ご宸襟《しんきん》をお悩み申しあげたこと、お詫びいたしまする」

広橋中納言が平伏した。

「では、南條蔵人が悪いのだな」

「親の心を勘案いたして……」

念を押した光格天皇に広橋中納言が情状酌量《じょうじょうしゃくりょう》の余地はあると述べた。

「親心があれば、なにをしてもよいと」

「…………」

御簾ごしでもわかるほど光格天皇の声が低くなった。

「いえ、いえ」

　広橋中納言が額を床に押しつけた。

「蔵人がこと、朕はかかわらぬ」

　助命も減刑も幕府へ願ってやらぬと光格天皇が宣した。

「お怒りはごもっともでおじゃりまするが、身分低きとはいえ、南條家は都が奈良にあったころからお仕えいたしておりまする」

「朕に頭をさげよと申すのか、そちは」

「畏れ入りまする」

　怒った光格天皇に広橋中納言が跳びあがった。

「下がれ」

「ははっ」

　命じられた広橋中納言が逃げ出すようにして御前から消えた。

「まったく、人の気持ちを政の道具にしようとは」

　光格天皇が嘆いた。

二

夕餉のあと、結局土岐は泊まっていった。

「陋屋より、居心地よろしいよって、頼みます」

「部屋は空いているゆえ、構わぬが着替えなどはどうする」

明日も出仕だろうと訊いた鷹矢に、土岐が笑った。

「仕丁のお仕着せなんぞ、汚れてても誰も気にしまへん」

「御所だろう」

汚れたままで御所へあがるのはまずいのではと鷹矢は驚いた。

「お偉いお公家はんたちにとって、仕丁なんぞ、箒《ほうき》やぞうきんと一緒ですねん。人として見てはらへんので、汚くても近づかんかったら、怒られしまへん」

「そうなのか」

まだ御所になれていない鷹矢は首をかしげた。

「いずれ、わからはりますわ」

無理に今知らなくてもいいだろうと土岐が手を振った。

「では、夜具の用意をいたして参りましょう」

給仕に付いていた弓江が、下がっていった。

「典膳正はん」

土岐の顔つきが鋭いものへと変化した。

「なんだ」

鷹矢も居住まいを正した。

「明日のお庭拝見ですねんけど」

「ああ」

鷹矢がうなずいた。

御所の庭を見せてもらうという口実で、鷹矢は土岐の手引きで光格天皇に目通りを願うことになっている。

「南條はんのおかげで、ちいとややこしゅうなるやも知れまへん」

土岐が険しい顔をした。

もともと新任の禁裏付として興味を集めていた鷹矢が、蔵人の襲撃を受けるという驚天動地の中心になったのだ。今まで、禁裏付なんぞかかわりないわと、遠巻きにしていた連中も、どんな奴だと顔を見に来るようになる。

当然、鷹矢の一挙一動は注視を浴びる。

「今回は別段かまへんのですわ。お庭で偶然今上さまのお姿を拝し奉ることはそう珍しいことやおまへんよってな。しやあけど、次もまた今上さまのお声を聞いたとなれば、偶然では通らなくなりま」

「偶然が必然になると」

「そうでんねん。禁裏付はんが幕府の代表やというたところで、五位でしかおまへん。今上さまにお目通りを願うには、すくなくとも四位は要りますねん」

「象の故事か」

土岐の言葉に鷹矢が続けた。

象の故事とは、八代将軍吉宗が珍奇なる南蛮《なんばん》のものを見たいと清国へ注文をした一件のことをいう。享保十三年（一七二八）無事に長崎へ着いた象は、冬を温暖な九州で過ごし、翌年、江戸へ向けて出発した。この象をときの中御門《なかみかど》天皇が見たいと仰せになったのだ。

御所の奥に引きこもっていては象は見られない。しかし、天皇を御所から出すとなれば行幸《ぎょうこう》となり、供奉《ぐぶ》する者の選定、行幸経路警固など、準備が大変になる。かといって天皇の望みを叶えないわけにはいかない。

「行幸をいただくより、象を御所へあげ、拝謁させればいい」

ときの京都所司代、五摂家らが相談、こうして象に天皇と会うだけの位階が授けられることになった。

それが広南従四位白象というものであった。

幕府でも従四位になれるのは、就任と同時に侍従に任じられる老中、加賀の前田、薩摩の島津、仙台の伊達などの大大名くらいしかいない。それだけ四位というのは格が高い。そして、そこまでないと正式に天皇へ拝謁を願うのは難しい。

「ようご存じで。最近の禁裏付はんは、そんなことも知らはらへんで、就任のおりに今上さまへ着任挨拶をしたいと言う世間知らずばっかりで……」

土岐がため息を吐いた。

「それはそれとして、せやからできるだけ、典膳正はんと今上さまの出会いは、他人に知られたくないんですわ」

「ふむ」

鷹矢が困惑した。

禁裏はどこへいっても人がいる。雑仕、仕丁らが廊下のどこかにはかならず座していて、通りかかる公家たちの用件を待っている。用を果たしてもらえる心付けが生活の助けになるからだが、今回に限っては邪魔でしかなかった。

「延ばすわけには」

「今上さまが楽しみにしてはりますねん」

ほとぼりが冷めるのを待ってからではと提案した鷹矢に、土岐が首を横に振った。

「それに今回のこともおますやろ。今上さまは、幕府の要求を典膳正はんの口から直接お聞きになりたいとお考えでありますねん」

「今上さまが……」

鷹矢は意外であった。

「今上さまをお飾りやと思てたら、えらい目に遭いますで」

土岐が声を低くした。

「そのような不敬なことは思っておらぬ」

「まあ、それはよろし。お声を聞かれたらわかるこって」

ここで言い合いをしても意味がないと、土岐が切りあげた。

「問題は、どうやって目立たないようにするかだろう」

「そうですねん」

鷹矢の問いに土岐が首肯した。

「お庭拝見は、誰かに許可をもらわねばならぬのか」

「正式には不要ですわ。一応、慣例として今上さまがお通りになるあたりは、当番の舎人に申し出ることになってますけどな、そんなもん、後でどうにでもできますわ。ちょっと金がかかりますけど」

土岐が掌を出して見せた。

「どれくらいあればいい」

「一両、できれば分けられるように、一分金四枚でもらえると助かりま」

訊いた鷹矢に土岐が答えた。

「今、渡そう」

鷹矢が文机の上に置かれていた紙入れから一分金を四枚と二分金を一枚出した。

「多いでっせ」

「万一に備えてだ」

怪訝な顔をした土岐へ、鷹矢が告げた。

「世渡り下手やと思うたら、みょうなところで気が利かはる」

土岐がため息を吐いた。

「江戸で役人をしていくには、こういった小技も要るのだ」

苦く鷹矢が頬をゆがめた。

「お武家はんも世知辛《せちがら》いもんでんな」

「戦がなくなったら武家なんぞ、無用の長物だ。とくに幕府は厳しいぞ。諸藩ならば、不要になった家臣を召し放ちできても、天下の将軍家、武家の頭領が旗本を辞めさせるわけにはいかぬ」

「幕府の面目、そして武の否定になりまんな」

土岐が理解した。

「そうだ。かといって余っている人材の分まで役目はない。そして旗本には矜持がある。上様のお役に立つところを見せたいという欲望がな。となれば、数少ない役目の奪い合いになるは必定。太刀で決着をつけるわけにはいかぬとなれば……」

「金がものを言う」

「………」

無言で鷹矢が肯定した。

「気をつけなあきまへんな」

「なにをだ」

土岐の警告に鷹矢が首をかしげた。

「朝廷の二の舞になりまっせ。幕府は朝廷が衰退したのと同じ道をたどってるように見えますわ。武力の否定、血筋の優遇、慣例重視、腐敗の横行……」

「………」

指を折って数える土岐に鷹矢が声を失った。

「怖ろしいですやろ。歴史ちゅうもんは繰り返しますねんで」

土岐が口の端を吊り上げた。

「話がそれましたな。幕府が明日どうなろうとも今のわたいらにはかかわりおまへん。わたいらが考えなあかんのは、どうやって今上さまに典膳正はんをお見せするかや」

「ひそかにというのは、困難か」

「禁裏付はんが日記部屋から長く姿を消しはったら、騒ぎというほどにはなりまへんやろうが、他人の気を引きますわな」

なかなか難しいと土岐が首を横に振った。

「どれくらいならごまかせる」

「さいでんなあ。そもそも禁裏付はんが日記部屋から離れはるのは、厠《かわや》くらいですやろう……」

相談された土岐が思案に入った。

禁裏付は朝廷の目付役である。ためにどうしても煙たがられてしまう。自在に禁裏のなかを散策することはできなくもないが、監査役が出入りするだけで波風を立ててしまう。

ことなかれの総本家ともいうべき朝廷、それに染まりつつある幕府、どちらも面倒はいやなのだ。

「腹壊してもらいまひょか」

「……腹下しか」

あまり格好のいいものではない。鷹矢が嫌そうな顔をした。

「しゃあおまへんがな。他になんぞええ手でもおますか」

気の進まない鷹矢を土岐が諫めた。

「厠へ籠もるのは良いが、さすがに便壺からの出入りは勘弁してくれ」

他人目《ひとめ》につかないようにするには、出入り口以外から忍ぶしかなくなる。鷹矢は泣きそうな表情をした。

「当たり前でんがな。そんな汚いところを通った者《もん》を今上さまのお近くへ寄らせられますかい」

強く土岐が否定した。

「厠に仕掛けのあるのは……」

土岐が目を閉じて思い出そうとした。

「仕掛け……」

「朝廷は千年、京にありますねん。その間にいろいろな災難が禁裏を襲いましたやろ。木曽義仲、足利尊氏、織田信長もそうや。さすがに御所へ攻め入ってはけえへんかったとはいえ、いつやってもおかしくはなかった」

天下はすなわち京、そして京とは天皇がいるところである。京都を支配しても、ときの天皇を逃がして、どこか別のところに遷都されてしまえば、それまでなのだ。天下を狙うならば、土地ではなく天皇の身柄を押さえるのが正しい。

「今上はんの玉体《ぎょくたい》をお守りするのが一番やけど、そんな力は朝廷にはあらへん。北面の武士はいてても、形だけや。数も少ない。武士がやる気になったら、朝廷は半日で制圧されてまう。そうなったら玉体を手に、武家がなにをしでかすか、わからへん。守られへんなら、お逃がしすることを考えたほうがええ」

「隠し通路か」

「勘のええ人は嫌いやおへんで」

声を出した鷹矢を土岐が褒めた。

「問題は、隠し通路の場所や」

「わかってないのか」

「当たり前ですやろ。隠し通路のことを仕丁風情が知っていたら、隠しの意味がおまへんわ」

落胆した鷹矢に土岐があきれた。

「それもそうだな」

　鷹矢も納得した。

「ただ、だいたいの場所はわかってますねん。武者伺候の間近くにあるはずと」

「武者伺候の間だと。禁裏付の待機する場所の一つではないか」

　土岐の話に鷹矢が驚愕した。

「今でこそ、武者伺候の間は禁裏付はんの詰め所ですけどな、幕府ができるまでは、玉体をお守りする武家が控えていたんでっせ。いわば、禁裏最後の戦力。そこに詰めている武家が、攻めてきた連中を押しとどめている間に、今上さまをお逃がしする。あるいは玉体警固として逃げ落ちるまでお供をする。そこに隠し通路があるのは当然でっせ」

　土岐が語った。

「たしかに」

「明日、探しときますわ。仕丁やったら、床下に入ってもおかしくおまへんしな」

「天井裏は……」

「今上さまにどうやって上がってもらいますねん」

口にした鷹矢を土岐が叱った。

「すまぬ」

鷹矢がうなだれた。

禁裏付役屋敷に隣接した組屋敷のなかには、揚屋《あげや》と呼ばれる板張りの牢獄があった。役目柄、禁裏付が捕まえるのは公家になる。五摂家には手出ししないという暗黙の了解もあるし、あまり高位の公家となれば、いかに罪を犯そうとも屋敷での謹《つつし》みになる。ここの牢獄へ連れてこられるのは、禁裏付よりも階位の低い、六位以下がほとんどであった。

とはいえ、ちょっとした大名並みの官位を持つのだ。土牢というわけにはいかず、板の間張りの揚屋は必須であった。

「背中が痛いぞ。誰か、綿入れの敷物を持ちゃれ」

揚屋に入れられている南條蔵人が叫んだ。

「喉《のど》が渇いた。宇治《うじ》の水で点《た》てた茶を所望する」

「腹が空いたぞ。鴨川の鮎を焼け」

好き放題を言っている南條蔵人だが、誰も相手にはしてくれなかった。

「六位の蔵人に、この扱いは非道じゃ。かならずや、朝廷からお叱りがあるぞ。そのとき、かばって欲しくば、麿のいうとおりにせい」

南條蔵人が飽きもせず、続けた。

「……駄目か」

声を限りに叫んでも、誰も来ず、喉が渇くだけであった。

「どうしてこうなった」

一人で南條蔵人が頭を抱えた。

「明日の米もない弾正尹から、朝廷の買いものを司る蔵人に転じ、なにも不足のない生活を手に入れた。このまま娘に婿を迎え、安楽な日々を過ごせるはずだった」

南條蔵人が夢を口にした。

「そのために娘を差し出した。それがいかぬというのか。どこの家でもやっていることではないか。娘が三人いれば、大坂商人のもとへやり、喰うに困らぬと言われているのだ。うちもそうして何が悪い。いや、商人などという卑しいものではなく、武家とはいえ従五位典膳正のもとへ行かせたのだ。父に感謝をしてこそ、恨むなど……」

温子の態度を思い出した南條蔵人が憤怒した。

「生んで育ててやった恩を忘れて、父を売るなど、娘ではない。あやつは人でなしに墜ちてしまった。その人でなしのおかげで、麿はこのような扱いを受けている」

南條蔵人が不満を温子のせいにした。

「かならず、この報いは受けさせる。典膳正は解任、温子は大坂商人のもとへ売り払ってくれる」

ぎりぎりと南條蔵人が歯を食いしばって、復讐を口にした。

「それにしても、遅いの。日はとっくに暮れている。麿が禁裏付の無体で捕まったことは二条さまのお耳に届いているはずじゃ。二条さまからの救いが来てもおかしくはないはず……」

南條蔵人が首を伸ばして、耳をすませた。

「松波雅楽頭さまのお指図に従った麿を、二条さまはお手助けくださる。麿が捕まったままでは二条さまのご都合も悪かろう。麿は二条さまのお名前を出さぬが、それでもご懸念になっておられるはず……。そうか朝議で麿のことを知られたのが遅くなられたのだな。それで、今日はあきらめ、明日の朝一番にお助けくださる。そうに違いない」

一人で南條蔵人が納得した。

「それにしても、このようなところで一夜を過ごさねばならぬとは、なんの因果であろうず」

南條蔵人が嘆いた。


砂屋楼右衛門の配下たちが、禁裏付組屋敷の近くに潜んでいた。

「どうや、龍《りゅう》」

「あかんな、そっちはどうや、亀《かめ》」

配下同士が情報の交換を始めた。

「こっちも一緒や」

亀と呼ばれた男が首を振った。

「禁裏付の同心って、あんなに気張ってたかいな」

龍が首をかしげた。

「今までかかわったことないさかいなあ、わからんけど。それでも幕府の同心やろ、役立たずには違いない」

「その割には、寝ずの番が五人もいてる」

亀の話に、龍が困惑した。

「さっさと忍びこんで、さくっと刺して、これで終わりの簡単な仕事やと思うてんけどなあ」

「押しこむか。五人くらいやったら、どうでもできるやろ」

愚痴《ぐち》を言う龍に亀が述べた。

「やめとき」

そんな二人を女の声が制した。

「雀《すずめ》、今、戻りか。どうやった」

龍が振り向いた。

「あかんわ。五人の寝ずの番だけやない。組屋敷の同心もほぼ半分は起きてるで」

雀と言われた女が答えた。

「まちがいないんかいな」

「ちゃんと組屋敷の長屋、全部の屋根にのって探ってきたわ」

疑われた雀が不機嫌そうに亀を睨んだ。

「押しこんだら、あっという間に囲まれるか」

「やな」

龍と亀が顔を見合わせた。

「堂守さまの指示に、命がけでというのはなかったで」

雀が言った。

「そうやな。命と引き合いになるほど禁裏付同心はふさわしい獲物やないわなあ」

亀もためらいを口にした。

「しゃあけど、手も足もでまへんでしたでは、情けないで」

龍が黙って引くのはどうかと言った。

「あんたら手下連れて来てるやろ」

雀が龍と亀に確かめた。

「遣い潰してもええ連中か」

「わいのとこはあかん。十年育てたやつや。使い捨てにするにはもったいなさ過ぎる」

亀が首を左右に振った。

「わしんとこか。うちは、この間潰した博打場にいた連中や。三人しかおらんけどな」

雀の目を向けられた龍が告げた。

「頼んでええか。龍のおじはん」

「わかった。同心らのやる気を見たらええんやろ。ちいと待っとって」

龍が離れていった。

「……おうらあ」

「わああ」

しばらくして、がなり声がした。

「……あかんな」

騒ぎは酔っ払いが大声をあげたていどで終わった。

「すまんな」

戻って来た龍が詫びた。

「同心どもの気合いが違うわ。表門を蹴り飛ばしただけで、三人とも打ち倒されたわ」

龍が情けないとため息を吐いた。

「後始末は……」

亀が生き残った配下がしゃべったら困ると訊いた。

「あいつらは、なんも知らん。儂の顔だけや。御堂の場所さえ教えてへんからな」

大丈夫やと龍が請け合った。

「とりあえず、堂守さまへご報告やな」

龍が砂屋楼右衛門のもとへ帰ろうと誘った。

三

「……お浪、途中で悪いの」

砂屋楼右衛門が、重なっていたお浪の上から降りた。

「…………」

お浪が荒い息のまま砂屋楼右衛門の後始末をした。

「寝んと待っとり」

続きをすると約束して、砂屋楼右衛門が御堂から出た。

「三神《さんしん》か。失敗したな」

「へい。すみまへん」

砂屋楼右衛門の言葉に龍が代表して詫びた。

「なぜだ。おまえたちの一人でもできる仕事だと思うたが」

「それが……」

首をかしげた砂屋楼右衛門に、龍が説明した。

「……禁裏付が厳重な警戒をしていたか。となると我らのような者が来ることを予測していた」

「ではおへんかと」

龍が同意した。

「よくやったの。おまえたちが無理をせず、退いたのは良案であった」

砂屋楼右衛門が龍たちを褒めた。

「あのていどの金で、そなたたちと引き換えにはならぬ。ここは腰を据えて、対応を思案してからとしよう」

「畏れ入りまする」

龍たちが感激した。

「虎はどないします」

一人欠けている仲間のことを亀が問うた。

「あやつには、別の仕事を振ってある。終わり次第、合流させるゆえ、今は気にするな」

「へい」

砂屋楼右衛門の説明に、亀がうなずいた。

「雀」

「あい」

呼ばれた雀がしなを作りながら、手を突いた。

「そなたは、明日一日、禁裏付を見張っておけ」

「禁裏付組屋敷でおすか」

「いいや、禁裏付役屋敷だ」

尋ねた雀に砂屋楼右衛門が首を横に振った。

「あい」

雀が首肯した。

「龍と亀は、禁裏付組屋敷を見張れ。ないだろうが、もし、行けそうならば蔵人を始末せよ」

「弓を使《つこ》うてもよろしいやろうか」

龍が伺いを立てた。

「……止《や》めよ。洛中で弓は御法度だ。それで仕留められても、後々町奉行所がうるさいのはかなわぬ。これが最後の仕事というわけではないのだからな」

「へい」

否定を龍が受けいれた。

「よし、では下がれ」

砂屋楼右衛門が手を振った。

京都所司代戸田因幡守は、夜が明けるなり、使いの者を鷹矢のもとへ向かわせた。

「所司代さまの」

出仕の準備をしていた鷹矢だったが、実質の上司からの使者となれば、ないがしろにはできなかった。

「至急、お出でいただきたし」

使者は呼びだしを告げた。

「しかし、参内をせねばなりませぬ」

鷹矢が断りの理由を口にした。

「ご案じなさるな。御所に遅れる場合にはこちらから使いを出しまする」

さすがに松平定信による田沼主殿頭一味の粛清から逃れただけあって、戸田因幡守

はそつがなかった。

「では、所司代から行列を出すといたしましょう」

行列を仕立てての参内は禁裏付の仕事でもある。鷹矢はもう一度禁裏付役屋敷まで

戻る手間を嫌った。

「それも承知いたしておりまする」

使者がうなずいた。

「布施どの、檜川を表門へ」

「はい」

鷹矢の命に、弓江が小走りに駆けていった。

松平定信の走狗《そうく》である鷹矢と、田沼主殿頭一味の生き残り戸田因幡守は、いわば敵同士である。実際、戸田因幡守の意を受けた用人佐々木伝蔵と鷹矢は争っている。上司だからといって、身一つで行くほど鷹矢は呆《ぼ》けてはいなかった。

「お急ぎくだされ」

用件を終えた使者が、復命のために帰っていった。

「殿……お止めいただくわけには」

所司代の呼びだしと聞いた檜川が緊張した顔を見せた。

「おそらく、今日は問題ない。戸田因幡守さまも、おろかではなかろう。所司代へ呼び出しておいて、その行き帰りに何かあれば、疑われることになる」

「ですが……」

念のためだと言った鷹矢に、檜川は危惧《きぐ》を払拭《ふっしょく》できなかった。

「だから、そなたを呼んだのだ。そなたが供してくれれば、そうそう負けはせぬだろう」

「それはもちろんでございまする」

檜川が鷹矢の信頼に胸を張った。

「ならば、安心である」

鷹矢が禁裏付役屋敷を出た。

百万遍の禁裏付役屋敷から二条城側にある京都所司代屋敷は、さほど離れてはいない。武芸の心得がある者ならば、二十五丁（約二・七キロメートル）強の道のりを小半刻（約三十分）かからずに行く。

鷹矢と檜川が京都所司代屋敷へ着いたのは、まだ出仕時刻にもなっていない六つ半（午前七時ごろ）であった。

「参ったか」

書院で戸田因幡守が鷹矢を待っていた。

「急なお呼び出しでございますな」

任があるとわかっていながら、無理矢理の召集にも詫び一つ言わない戸田因幡守に、鷹矢は遠回しの不満を述べた。

「互いに御用繁多《はんた》であるからの」

忙しいのだから、仕方ないと戸田因幡守は謝罪を拒んだ。

「では、御用を」

さっさと用件に入れと鷹矢が急かした。

「南條蔵人を所司代に引き渡せ」

戸田因幡守が要求した。

「なにゆえに。朝廷での罪人は禁裏付が扱うべきでござる」

鷹矢が拒否した。

「あれは違う。禁裏付が扱うのは、御所のなかにおける罪であり、南條蔵人は御所で罪を犯したわけではなく、まったく役目とはかかわりのない禁裏付役屋敷でおこなったものである。いわば、町屋での行為に等しい」

戸田因幡守が強引な理論を展開した。

「もし、そうだとしたら、所司代ではなく、京都町奉行所の管轄になりましょう」

町屋での犯罪は、京都町奉行所が扱う。鷹矢が正論で抵抗した。

「京都町奉行所では、公家を裁けぬ。ゆえに所司代が預かる」

「無理を通されると」

「無礼であるぞ」

鷹矢の返しに、戸田因幡守が怒りを見せた。

「……わかりましてござる」

「南條蔵人を引き渡すのだな」

うなずいた鷹矢に、戸田因幡守が確認した。

「引き渡しの請け書をいただきたい」

「請け書など不要だ。所司代が預かって当然の一件である」

鷹矢の求めを戸田因幡守が拒んだ。

「これは異なことを言われる。幕府では、米一つ銭一文でも書付をかわすのが決まり。まさか六位の公家を塵芥《ちりあくた》以下だと」

「…………」

戸田因幡守が黙った。

「江戸へ確認する手間はかけられませぬゆえ、大坂城代さまへ問い合わせをいたしましょう。こういうときは請け書が要らぬのかと」

「それはならぬ」

鷹矢の言葉に、戸田因幡守が慌てた。

大坂城代は京都所司代と並んで、老中への待機役とされている。五名ていどとされている老中に欠員が出たときは、大坂城代、京都所司代、あるいは若年寄から補される場合がほとんどであった。一応、大坂城代から京都所司代に転じた者もいることから、格としては京都所司代が上とされているが、その差はないに等しく、老中選任となればこのどちらかからというのが多かった。

京都所司代の足をどうにかして引っ張りたいと考えている大坂城代が、鷹矢の持ちこんだこれを利用しないはずはなかった。

「わかった。書かせよう」

「お待ちあれ。請け書を与力のような下僚に書かせては困りまするぞ。少なくとも禁裏付より高位の役目でなければ、軽視したものとして、同役黒田伊勢守とともにご老中さまへ苦情を申しあげる」

書くと言わず、書かせると言った戸田因幡守を鷹矢が制した。与力は京都所司代の実務を担当しているが、目見え以下であり、その身分は低い。与力と禁裏付が一枚の書付に名前を並べるというのは、幕府の役人として見過ごせない無礼であった。

「うるさいやつじゃ」

戸田因幡守が鷹矢を睨んだ。

「では、請け書をご用意の上、禁裏付組屋敷まで引き取りの者を寄こされよ。拙者、今より立ち戻り、準備をいたしまするゆえ」

「わかった」

帰ると言った鷹矢に、戸田因幡守が犬を追うように手を振った。

「ただし、受け渡しは拙者のおるときに限りまする。参内までにお見えでなくば、夕刻とさせていただく。これは禁裏付としての要求でござる」

役責を表に、鷹矢は戸田因幡守の横暴を抑えようとした。

「…………」

無言で戸田因幡守が横を向いた。

「待たせたの」

所司代での手間は早くすんだ。

「殿」

供待ちで待機していた檜川が、鷹矢の姿を見て安堵の表情を浮かべた。

「行列はまだ来ておらぬな」

「はい。今から戻れば、間に合いましょう」

確認した鷹矢に、檜川が答えた。

「よし、急ぎ戻るぞ」

鷹矢が小走りになった。


禁裏付役屋敷を二人が見はっていた。

一人は津川一旗を江戸へ送り出した霜月織部であり、もう一人は砂屋楼右衛門から命じられた雀であった。

「おや、誰ぞ出ていくけど……二人だけやし、まだ出仕の刻限やないしなあ」

鷹矢と檜川の二人に気づいたが、禁裏付の顔を知らない雀は、家臣が所用で出ていったのだろうと考えて無視した。

「東城……」

対して霜月織部は、鷹矢をしっかり認識していた。

「どこへ行く」

怪訝に感じた霜月織部は二人の後を付けた。

檜川の実力を知っている霜月織部は、気取られないようにかなりの距離を空けたが、京に武家の姿は少ない。ましてや出仕時刻でもない早朝だとより珍しい。

霜月織部は苦労することなく、二人が京都所司代屋敷へ入っていくのを見届けた。

「そういえば、使者らしいのが来ていたな」

霜月織部は戸田因幡守からの呼び出しだと読んだ。

「なにを話しているのか、聞きたいところだが……」

徒目付《かちめつけ》のなかには隠密《おんみつ》の技量を持つ者もいる。霜月織部もその一人であった。松平定信に私淑《ししゅく》し、その手先として徒目付を辞し、京へ来た霜月織部が思案した。

「……気づかれるか」

京都所司代屋敷にいる与力、同心、戸田因幡守の家臣などはものの数ではないが、檜川をごまかせる自信を霜月織部は持っていなかった。

「吾だと知られるのはまずいな」

諸国巡検使として山城国へ派遣された鷹矢の警固を兼ねた供をして以来のつきあいである。襲われた鷹矢を何度も救っている。かなりの信頼を得ているだけに、それを崩すようなまねは避けたかった。

「……………」

霜月織部は忍びこむのをあきらめて、京都所司代屋敷を見はることにした。

「……出てきた。思ったよりも早いな」

鷹矢と檜川の姿を確認した霜月織部が首をかしげた。

役人と役人の話というのは、用件を遠回しに表現したり、上役への忖度《そんたく》を求めたりと、直截に本題を表に出さない。無駄にときを費やすのが、幕府役人の習い性といえる。それが、小半刻もせずに終えた。

「気になる」

霜月織部が、鷹矢と檜川の後をもう一度追いながら呟いた。

「温子どのはどこだ」

禁裏付役屋敷に戻った鷹矢は、温子を探した。

「呼んで参りましょう」

玄関で待っていた弓江が、奥へと入っていった。

「着替えをしてくる」

鷹矢は動きやすい平服から衣冠束帯へ身形を替えるため、居室へ向かった。

「お呼びで……お手伝いをいたしましょう」

居室へ顔を出した温子が、鷹矢の着替えに手を貸した。

「助かる。そのままで聞いてくれ」

鷹矢がされるがままになりながら、話をした。

「……ということで、南條蔵人を所司代に引き渡さざるを得なくなった」

「さようでございますか」

平坦な口調で温子が答えた。

「すまぬな」

「いえ。もう、かかわりのないお方ですよって」

詫びた鷹矢に温子が首を横に振った。

「…………」

鷹矢が黙った。

「それはいけません」

温子に続いて、鷹矢の着替えを手伝っていた弓江が険しい顔をした。

「なにがだ」

「東城さま、本当のところを聞かせるのが、真心というものでございまする。温子さまは、もうあなたさまのもとしか帰るところはございませぬ。そんな温子さまを受け入れられるならば、隠しごとはお止めくださいませ」

弓江が鷹矢を諫めた。

「布施さま、どういうことですやろ」

温子が手を止めた。

「昨日、温子さまはおられませんでしたか。東城さまが南條蔵人さまを同心にお預けになったとき」

「いてへん」

弓江の問いに、温子が首を横に振った。

「なにがおましたん」

鷹矢に訊いても無駄だと感じた温子は、弓江に尋ねた。

「南條蔵人さまになにかあったら、同心すべてに責を取らせると東城さまは警固を万全にせよと厳命なさいました」

「それでなんや。水うちに出たら、朝から同心はんたちが、組屋敷の周囲を見回ってはったんや。いつもやったら、典膳正はんが出かけられる寸前まで静かやのに」

弓江の説明に温子が納得した。

温子は東城家の女中になっている。台所のことはもちろん、禁裏付役屋敷周辺の清掃なども仕事である。

「それがどないしたんですやろ」

温子が弓江を見た。

「東城さまは、南條蔵人さまを取り返しに来るか、あるいは……」

さすがに言えないと弓江がごまかした。

「殺しに来る者《もん》がいてると」

温子が気づいた。

「……はい」

弓江がうなずいた。

「禁裏付同心では守りきれないかも知れない。なにせ、禁裏付には与力十騎、同心四十人しかいてまへん。しかもそのうち与力二騎と同心十人は、禁裏の警固に出ていきますし、他にも御所周辺の巡回という役目もある。どうしても手薄になります。その点、京都所司代は与力三十騎、同心百人を従えてますし、家臣もおります。それに京都東町奉行所がすぐ側にあり、かなり手厚い警固ができる」

「あの人の安全を考えてのことだと」

頑《かたく》なに父とは言わなかったが、温子が声を湿らせた。

「典膳正はん……」

温子が潤んだ目で鷹矢を見つめた。

「…………」

気まずげに鷹矢は目をそらした。

「まったく、殿方はどこか格好を付けたがる」

弓江があきれた。

「すまんな、温子どのよ」

もう一度鷹矢が謝罪した。

「とんでもおまへん」

「いいや、詫びねばならぬ。本来ならば吾の力で南條蔵人を守らねばならぬ。だが、現実は難しい。今は、まだなにもないが、それも昨日の今日だからだ。南條蔵人に口を割られては困る連中が、準備を整えるだけのときは過ぎた」

否定する温子に、鷹矢が語った。

「本来ならば、京都東町奉行の池田丹後守《いけだたんごのかみ》どのにお願いしたかったのだがな、戸田因幡守の動きが早かった」

鷹矢が無念そうな顔をした。

京都東町奉行所に牢はないが、取り調べの間とかに拘束しておく仮牢のような施設はある。なにより、東町奉行所の与力、同心は武芸に長《た》けている。そして、無頼たちは町奉行所を襲う愚をよく知っている。

金さえもらえば、犯罪を見逃すなど平気な町奉行所の与力、同心だが世襲で転属がないことで結束は固い。同僚が怪我をさせられたり、殺されたりしたときは、人が変わる。どれほどの金を積もうが、下手人を捕まえるまで京都町奉行所は止まらなくなる。そうなってしまえば、無頼など京にいられない。

いかに金を積まれても、縄張りを捨てることになっては割が合わない。その金を後生大事に隠居し、世間の片隅で慎《つつ》ましやかに一生を過ごすといった殊勝な者が無頼などになるはずはない。金は面白おかしく使うものだと思いこんでいるのが無頼だ。金なんぞもらった日に使い果たしてしまう。そうなれば、また馬鹿をして金を稼がなければならないが、己の縄張りでなければ難しい。他人の縄張りで仕事をすれば、もめ事になる。どころか、よそ者が悪い。それこそ近隣の無頼に回状が出され、爪弾《つまはじ》きになる。そうなれば、かばってもらえなくなり、密告されてしまいかねないのだ。

「力が足りぬことを、今、あらためて悔いている」

鷹矢は息を吐いた。

「いいえ」

温子が鷹矢の背中に抱きついた。

「……貸しですよ」

弓江が不服そうに呟いた。

四

　ものものしい行列が禁裏付役屋敷へ近づいてきたのを霜月織部は見た。

「開門、開門。京都所司代与力権藤太郎右衛門《ごんどうたろうえもん》、戸田因幡守さま名代として参上つかまつった」

　禁裏付役屋敷の前で、壮年の与力が声をあげた。

「……いかがいたしましょう」

　表門は城の大手門に匹敵する。格上の名代が来たからといって、相談なく開くことはできない。門番が鷹矢のもとへ許可をもらいに来た。

「開けよ」

「へい」

　許しを得た門番が去っていった。

「布施どの、檜川に、組屋敷へ行き、南條蔵人を連れてくるよう伝えてくれ。もちろん、厳重に警戒してだ」

禁裏付役屋敷と禁裏付組屋敷は境を接しており、そこには通行できる脇門があった。

「はい」

軽く頭を下げた弓江が居室を出ていった。

「どうする」

鷹矢が温子を見た。決別した親娘ではあるが、おそらく今生《こんじょう》の別れになる。鷹矢は最後に父の顔を見るかと温子に問いかけた。

「お供をさせておくれやす」

温子が迷うことなく求めた。

「話はさせてやれぬぞ」

京都所司代の配下がいる前で、温子と南條蔵人が親娘だとわかるようなまねはよろしくなかった。

「遠目に見るだけでよろしおす」

温子がうなずいた。

やって来た与力権藤太郎右衛門のもとへ鷹矢は近づいた。

「禁裏付東城典膳正である。役目大儀である」

鷹矢が名乗った。

「権藤太郎右衛門でございまする」

与力が腰を屈めた。

「早速だが、請け書を確認したい」

鷹矢が手を出した。

「こちらでござる」

懐から厳重に包まれた書付を権藤太郎右衛門が出した。

「うむ」

受け取った鷹矢がなかをあらためた。

「戸田因幡守さまの花押《かおう》もある。結構でござる」

大名や高禄の旗本、役人などは印代わりになる花押という署名を持っていた。多くは名前や座右の銘などから取った一文字、二文字を図案化したもので、有名なところでは伊達政宗の鶺鴒《せきれい》の花押や、織田信長の麒麟《きりん》の花押などがある。

花押は一人一人違い、花押を入れるというのは、本人であるとの証明のほかに、内容を保証する意味もあった。

「罪人をお渡しいただきたい」

請け書を出した以上、当然の要求である。

「今、連れてくる」

鷹矢が手配はすでにすませていると応えた。

「放せ、放せと申しているぞ。麿は六位の蔵人じゃ。不浄役人ごときが触れて良い身体ではないわ」

わめき声が聞こえてきた。

「……お待たせをいたしましてございまする」

檜川が南條蔵人を引き連れてきた。

「典膳正、麿をどうするつもりじゃ」

塗り駕籠の用意に、南條蔵人が脅えた。

「そなたは禁裏付から京都所司代預かりに変わった」

「京都所司代だと……」

鷹矢の返答に南條蔵人が混乱した。

「待て、待ちやれ。今少し、待て」

南條蔵人が駕籠のなかへ押しこめられそうになるのに抵抗した。

「今なら間に合う。しばし、待てというておるのじゃ」

「待ってどうなる」

暴れる南條蔵人に鷹矢が問うた。

「朝廷から、麿を放免せよとの使者が来るのじゃ」

南條蔵人が叫んだ。

「あいにくだが、朝廷からなら来ぬぞ」

鷹矢がため息を吐いた。

「そんなはずはない。麿は禁裏の内証を預かる蔵人ぞ。麿がいなければ、禁裏へ納める品物が滞る……」

まだ主張していた南條蔵人が、鷹矢の哀れみの目に気づいた。

「なんじゃ」

南條蔵人が問うた。

「そなたを捕らえたことは禁裏に報告されておらぬ」

「な、なんでや」

鷹矢の答えに南條蔵人が驚愕した。

「届を出してくれるなという申し出があったのでな」

黒田伊勢守からの要望を鷹矢は誰からのものとは言わずに教えた。

「なかったことにするため……そういうことかあ」

南條蔵人が独り合点をした。

なかったことになれば、南條蔵人の罪は消え、放免される。

「無罪じゃ、無罪。麿は放免ぞ」

「であればよいがの」

冷たい声で鷹矢が、喜ぶ南條蔵人に話しかけた。

「へっ」

わけがわからないと南條蔵人が首をかしげた。

「そなたが起こした騒動をなかったことにする手間と、そなたをなかったものにする手間、どちらが面倒でないかの」

「……ひっ」

鷹矢の脅しに南條蔵人が腰を抜かした。

「安心せい。所司代さまに手出しをする者は、この京にはおらぬ。おとなしくしていれば、命だけは保証されるはずだ。なあ、権藤」

言いながら鷹矢が、権藤太郎右衛門に目をやった。

「もちろんでございまする。所司代屋敷にあるかぎり、大事などございませぬ」

権藤太郎右衛門がうなずいた。

「そ、そうじゃ。たしかに京は所司代どのが押さえておられるわ」

急いで抜けた腰を動かして、南條蔵人が駕籠に乗った。

「早う、早う」

南條蔵人が権藤太郎右衛門たちを急かした。

「あ、ああ。はい」

罪人とはいえ、公家である。与力では身分が違いすぎる。あわてて権藤太郎右衛門たちが動いた。

「では、これにて」

駕籠の扉を閉め、なかから開けられないように閂をかけた権藤太郎右衛門が、鷹矢へ頭を下げた。

「お気を付けられよ」

鷹矢が注意を促した。

「なにをしている」

京都所司代の行列を受けいれて、大門を閉めたため、禁裏付役屋敷のなかは見られなくなっていた。

「あの駕籠はなんだ。誰が来た」

駕籠といえば来客を考えるのは当たり前である。空駕籠で他人の屋敷へ行く者はいない。

「津川がおらぬのは痛いな」

一人では手が足りない。霜月織部が苦く頬をゆがめた。

「ないものねだりをしても意味がないか……門が開いた」

じっと霜月織部が目をこらした。

「さきほどの行列か。誰か乗っているのだろう。東城ではないな。門内に姿が見える」

霜月織部がなかを覗いた。

「駕籠はどこへ……東城が頭をさげておらぬ。とあれば、さほどの身分の者ではないな」

霜月織部がじっと行列を観察した。

「……わからぬ」

首をひねった霜月織部は、禁裏付役屋敷に行列を作るための者たちが集まり、駕籠が用意されるのを確認した。

「あのまま参内するのだろう。刻限もそうであるし」

鷹矢が禁裏付の任で出ると霜月織部は読んだ。

「ならば、こちらが大事である」

霜月織部が、行列の後を付け始めた。

雀も行列を見ていた。

「誰やろ」

砂屋楼右衛門の指図は、禁裏付役屋敷を見張れというものである。やって来て、帰って行く行列を無視しても問題はない。

「龍か亀か、どっちかおらんのかいな」

雀が龍と亀がいるだろう禁裏付組屋敷のほうを見た。

「……あれは、亀や」

さりげない風を装いながら、亀が雀のほうへ歩んできていた。

「旦さん、お久しゅう」

知り合いのように近づいた雀が、亀に声をかけた。

「おう、朱雀屋《すざくや》の女将やないか。ご無沙汰やな」

手を上げて亀も応じた。

「……なんぞあったん」

亀が持ち場を離れたことを不審に思った雀が声を潜めて問うた。

「禁裏付役屋敷になんぞなかったか」

逆に亀が訊いてきた。

「あの行列が見えるか」

雀が寺町通りを南下している行列を目で指した。

「ああ。あれか」

亀が一人で納得した。

「どういうことやねん」

説明しろと雀が不満を露《あら》わにした。

「あの駕籠に乗ってるの、たぶん獲物や」

「なんやて……獲物が運び出されたんか」

告げた亀に雀が驚いた。

「そうや。組屋敷を見張っていたら、ちらと南條蔵人らしい声がしてん。声は聞いたことないけどな、磨は六位の蔵人じゃと騒いでいたから、まちがいないやろう。それが組屋敷から、役屋敷の方へと移動していった」

「ばれたんか」

獲物が移動する。その理由は一つしか考えられなかった。このままではやられると感じて、より安全なところへ逃げるのだ。

雀が顔色を変えた。

「御守さまに叱られるがな」

昨夜、禁裏付組屋敷へ探りを入れていたのが、相手に気づかれていたとなれば、雀たちの失態になる。

「……どうする」

亀の顔色も白くなった。

「とにかく、あの行列がどこへ行くんかを確かめなあかん。それだけでも確かめとかな、御守さまのお怒りはきつうなるし」

「せやな」

「行ってんか」

事態を理解した亀に雀が依頼した。

「禁裏付を見張ってなあかんし、ここから動かれへん」

「わかった」

理由を告げた雀に亀がうなずいた。

「ほな、また、ご機嫌さん」

急《せ》かすように雀が、媚態をとって離れた。

「おう、そのうち、店行くわ」

亀も応じて、背を向けた。

「出立つううう」

そこへ、鷹矢の行列が禁裏付役屋敷から出てきた。

「お気を付けて」

「いってられませ」

普段ならば屋敷の玄関で見送る弓江と温子が門まで出てきた。

「…………」

その様子を雀が見つめていた。

「うん……」

見送りを終えて頭を上げた温子が、雀を見つけた。

「どうかしましたか」

弓江が温子の様子に怪訝な顔をした。

「あの女」

「……気に入りませんね」

禁裏付役屋敷の真正面に立つ仙洞御所の壁に寄り添うようにしながら、じっと鷹矢の行列の後を目で追っている雀に、二人は懸念を感じた。

第四章　お庭拝見

一

南條蔵人を京都所司代に移送した後、鷹矢はいつものように参内した。

「おはようさんでございまする」

本日の日記部屋当番の仕丁が、挨拶をした。

「うむ。早速だが、黒田伊勢守どのにお話があると伝えてきてくれ」

「へえ」

当番仕丁は禁裏付の雑用をこなすのが仕事である。すぐに仕丁は日記部屋を出ていき、まもなく戻ってきた。

「お出でいただきたいとのことでございました」

仕丁が黒田伊勢守の返答を持って帰ってきた。

「ご苦労であった」

使者をした仕丁をねぎらい、鷹矢は黒田伊勢守のいる武者伺候の間へ向かった。

「昨日のお話でござるかの」

黒田伊勢守がやって来た鷹矢に問うた。

「それはお任せしておりますので」

しばし待てと言った黒田伊勢守へ鷹矢は文句を付けないと応じた。

「それはありがたいが、では、なにかの」

用件が想像できないと黒田伊勢守が怪訝な顔をした。

「南條蔵人のことでござる」

「……南條蔵人の。まさか、死んだのでは」

名前を口にした鷹矢に、黒田伊勢守が最悪を予想した。

「いえ。南條蔵人は拙者のもとから京都所司代へと移送されましてござる」

「所司代のもとへ……なぜ」

黒田伊勢守が混乱した。

「引き渡せと戸田因幡守さまが言われまして……」

今朝からのことを鷹矢が語った。

「……むうう」

黒田伊勢守が眉をひそめた。

「戸田因幡守さまのご意向はわかりかねるが、理由もあるし、京都所司代の指図となれば、従わざるを得ぬか」

難しい顔で黒田伊勢守が述べた。

「しかし、よく渡したな。越中守さまがお怒りになるぞ」

「ご存じになるのは、かなり先であるし、いかに越中守さまとはいえ、京まで手は届かない」

あきれる黒田伊勢守に、鷹矢は苦笑した。

「確かにそうだが……終わるぞ」

松平定信の考えに従わない者は排除される。この状況ならば、鷹矢を老中として咎めることはできないが、松平定信から見捨てられるのはまちがいない。

ときの権力者に嫌われたら、役人は終わる。

免職だけですめば運がよかったと考えるべきで、石高の減、領地が僻地と交換されるなど、将来にわたって響く処罰を喰らう場合がほとんどであった。

「なんとでもなりましょう」

「……越中守さまが保《も》たぬと見たか」

黒田伊勢守が声を低くした。

「…………」

鷹矢は答えなかった。

「もうよいか。拙者も動かねばならぬ」

状況の変化に黒田伊勢守が焦った。

「お手を取らせ申した」

鷹矢が詫びた。

「またなにかあれば、教えてくれ。すまぬな」

残して席を立つことを謝罪して、黒田伊勢守が武家伺候の間を出ていった。

「伊勢守はん。我らもお手伝いを」

武家伺候の間に詰めていた仕丁たちが、急いで黒田伊勢守の後を追った。

「…………」

一人になった鷹矢がしばらく様子を見ていた。

「土岐」

誰も戻ってこないと確認した鷹矢が呼んだ。

「お見事でんなあ」

武家伺候の間の床下から、感心した土岐の声が返ってきた。

「そこか」

「武者隠しの位置わかりまっか」

土岐が鷹矢へ訊いた。

「この壁の向こうだな」

「へい」

壁を叩いた鷹矢に土岐が肯定した。

武者隠しとは、その名の通り、万一に備えた武士を隠しておくところである。厚みがあれば、そこに武者隠しがあるとばれてしまうため幅三尺（約九十センチメートル）ほどと狭い。

「押し入れから入れますよって」

「承知した」

鷹矢が押し入れのなかへ入りこんだ。

「こっちでおます」

押し入れの奥の壁が一枚外れて、土岐が顔を出した。

「おう」

鷹矢がうなずいた。

「よく、見つけたな」

武者隠しの床板が外れるのを見た鷹矢が驚いた。

「床下に入りこまんかったら、気づきまへんでしたわ」

土岐が笑った。

「さあ、行きまっせ」

「お庭拝見の許可を取らずともよいのか」

慣例として舎人に報告してからとなっている。鷹矢が気にした。

「そんなもん、どうとでもできまっせ。典膳正はんならとくに楽ですがな。まだ禁裏になれていないという言いわけが通じますがな。そんな慣例知らんかった。次から気をつけるといえば、舎人もそれ以上は嚙みついてきまへん。あとはお預けしている金がものを言いまんがな」

大丈夫だと土岐が手を振った。

「そういうものか」

「情けないこってすがね」

首をひねる鷹矢に土岐が表情をなくした。

「……いきまひょ。主上をお待たせするわけにはいきまへん」

「であるな」

促した土岐に鷹矢が従った。

御所も京の建物としての特徴をしっかりと持っていた。

暑い夏に応じた建物はどうしても風通しを考える。窓が多くなり、影をできるだけ生み出すように軒は出てくる。そして床下が高くなった。

冬も同じであった。雪などの吹き込みを防ぎ、霜の降りるのを避けるため、庇《ひさし》は深くなる。そして地面から上がってくる寒さを少しでも緩和するため、床下は高く作られていた。

「思ったより高いな」

床下に入った鷹矢が、感嘆した。

「わたいら小柄な者《もん》でも腰屈めなあきまへん。上背のある典膳正はんには、きつうおますやろ」

先導しながら、土岐が気遣った。

「たしかに腰にくるが、城中で絶えず頭を下げているより楽だ」

「……そう来はりますか。典膳正はんも隅に置けまへんなあ」

冗談で返した鷹矢に、土岐が驚いた。

「馬鹿でも口にしてないと、やってられぬわ。まさか、諸大夫の禁裏付になって、床下を這《は》う羽目になるとは思わなかった」

「そうでっしゃろなあ。今まで何人禁裏付が来はったか知りまへんが、多分、典膳正はんが、終わり初物《はつもん》でっせ」

「腹立たしいな」

「なにがですねん。床下を這うことでっか」

「いいや、他の禁裏付が、こんな苦労をしなくていいのかと思えば、むかっ腹が立つ」

問うた土岐に鷹矢が返した。

「……ほんにおもしろいお方や。今上さまも喜びはるやろ」

「なにか言ったか」

土岐が小声で呟いたのを、鷹矢は聞き逃した。

「なんでもおまへんわ。さあ、そろそろでっせ」

「やっとか。さすがに厳しいな。床下を行き来するのは」

首を左右に振った土岐に言われた鷹矢が安堵した。

「この廊下の上で今上さまがお待ちです。無礼はあきまへんで」

庭へ出る直前で土岐が釘を刺した。

「わかっている」

さすがに天皇と会うとなれば、鷹矢も緊張した。

「冠がずれてます。肩に蜘蛛の巣が……そんな格好で御前にでられますかいな。こっち来なはれ」

振り向いた土岐が、鷹矢の姿にあきれた。

「かなわんなあ……」

「すまぬ」

文句を言いながらも格好を整えてくれる土岐に、鷹矢は礼を述べた。

「……これでよろしいやろ」

土岐がうなずいた。

「よろしいか、今上さまからお許しあるまで、顔上げたらあきまへん。あと、廊下へ上がろうとしたら、許しまへん」

「わかっている」

気合いを入れた声で注意する土岐に、鷹矢はしっかりと首肯した。

「ほな、行きなはれ」

背中を土岐が叩いた。

「おう」

鷹矢が床下から、庭へと出た。

そのまま片膝を突いて、廊下に向かって頭を垂れた。

「ええ天気じゃのう」

若い声が頭上から降ってきた。

「…………」

まさか、天気の話から入るとは思っていなかった鷹矢は困惑した。

「そちが、典膳正か」

「はっ。徳川家の家人、禁裏付を拝命いたしておりまする東城典膳正鷹矢と申します る。主上におかれましては、ご機嫌うるわしく、典膳正慶賀の極みと存じ奉ります る」

確認を求められた鷹矢が、礼に則《のっと》った返事をした。

「爺」

「これに」

光格天皇が土岐を呼び、土岐が応じた。

「ずいぶんと固いではないか」

「申しわけないことで。なれてないからやと思いまする」

「少し砕けさせよ。このままでは、朕は普段と同じである」

「へい」

不満を言った光格天皇に、土岐が首を縦に振った。

「典膳正はん。これは正式な謁見とは違いま。庭を見せてもらいに来た典膳正はんに、偶然高きお方が声をかけはったんです。よろしいか、日常ではおまへん。そうしてしまうと、成り立たんことですねん」

「しかしだな、先ほどおぬしが、無礼は許さんと」

「当たり前でんがな。無礼やない範囲で、砕けたらよろしいねん」

「線引きがわからん」

経験したことがないのだ。鷹矢は戸惑った。

「しゃあおまへんな。自然体で行きなはれ。行き過ぎたと思うたら、わたいが合図しますよって」

「た、頼む」

ため息を吐きながら申し出てくれた土岐に、鷹矢は感謝した。

「では、あらためて、主上」

土岐が促した。

二

仕切り直しとなった偶然の謁見は、光格天皇の笑い声から始まった。

「爺のほうが、えらそうに見えるの」

「主上、わたいは小姑《こじゅうと》でっかいな」

土岐が苦笑した。

「小姑とは、なんぞ」

「嫁入り先にいる夫の姉妹のことですわ。嫁に来た女を、しきたりがどうのとか、うちではこういうふうにしているとか、いろいろ難癖を付けるといううるさい者のことで」

首をかしげた光格天皇に土岐が説明した。

「ほうほう。公家ではまずないの」

「嫁入りという観念が違いますよって。なにせ、もとは通い婚ですから」

通い婚とは、嫁は実家におり、夫が夜ごとそこまで通い、情を交《か》わすといった風習である。長く、公家はそれを続けてきた。さすがに乱世になってからは、そんな悠長なまねを続けてられず、普通の輿入れに変化してきたが、それでも武家や民と違い、嫁に来た女と夫の姉妹、母などが触れあうことはさほどなかった。

「おいっ」

土岐の態度に鷹矢が驚いた。

「わかりましたやろ。主上も人であらせられる。ただ、世間を知らさんようにされているだけや」

「将軍と同じ……」

鷹矢が家斉のことを思い出した。

「ほう、将軍もそうなのか」

光格天皇が興味を見せた。

「……はい」

ちらと土岐を見て、これでいいのかを窺いながら、鷹矢は話を続けた。

「上様はお城から出られることなく、周囲を旗本に囲まれ……」

「朕と同じじゃな」

鷹矢の説明を聞いた光格天皇が驚いていた。

「飾りになっていくものなのだな」

「主上……」

土岐が泣きそうな顔をした。

「よいのだ。尊き血を絶やすことはできぬ。誰かがその礎《いしずえ》にならねばならぬのだ。そういえば、典膳正よ。将軍も直系ではなかったの」

「さようでございまする。上様は御三卿の一つ、一橋家の出でございまする」

確かめられた鷹矢がうなずいた。

「そこまで同じか。ふふふ、考えることは同じよな。朕も父にふさわしいだけの待遇を求め、将軍も父に尊号を与えたい。そういえば、将軍はいくつになる」

苦く笑った光格天皇が問うた。

「上様は、安永二年（一七七三）のお生まれでございますので、今年で十七歳になられるかと」

「ほう、朕は明和八年（一七七一）ゆえ、二つ兄になるの」

鷹矢の答えに光格天皇が述べた。

「歳も近い、境遇はほとんど同じ。まるで鏡に映った己をみているようであるな。籠の鳥という奴が東西に一羽ずつおるとは」

光格天皇が驚いた。

「主上……おいたわしい」

土岐が涙ぐんだ。

「朕が、将軍が、生まれついての世継ぎであったならば、そういった育てかたをされるゆえ、このような想いをせずともよかったのだろうがな。あいにく、朕は貧しい宮家に生まれたために……」

知らなければ疑問も感じずにすんだと光格天皇が嘆いた。

「しかし、それはいたしかたないことじゃ。今更、生まれも育ちも変えられぬ。ならば、未来《さき》を変えていくしかない」

「畏れいりまする」

決意を見せた光格天皇に、鷹矢は敬意を表した。

「いかぬの。今日は、別の話を訊かねばならぬのであった。なんとかともうした蔵人のことじゃ。真実を教えよ」

「真実を……」

光格天皇の要求に、鷹矢はどこまで言っていいのかと躊躇した。

「典膳正はん。全部、話しなはれ」

戸惑う鷹矢の背中を土岐が押した。

「うむ」

土岐に振り向いた鷹矢は、首を強く縦に振って、経緯を語った。

「そもそもの始まりは、わたくしが禁裏付として京へ参りましたところから始まりまする……」

温子が鷹矢のもとへ送り込まれてきたところから鷹矢は告げた。

「……一度、屋敷から放逐いたしましたが、わたくしが坂本へ出かけた道中で襲われると知った温子が、報せてくれましたので、そのまま引き取りましたところ、南條蔵人が娘を拐かしたとして、躍り込んで参りました」

「そうであったか。捕まえられて当然じゃの」

聞き終わった光格天皇が納得した。

「土岐、二条はなにがしたいのであろう」

「一条はんに先をこされたのが、よほど辛かったのではおまへんやろか」

光格天皇の問いに、土岐が答えた。

「二条はんのほうが、中納言まで早かったんですが、後から家督を継いだ一条はんに先をこされ、大臣を取られてしまいはった。それをなんとかしたかったんでは」

「任官は朝議で決まるものだ。禁裏付をどうこうしたところで、階位をあげられるものではなかろうに」

「…………」

光格天皇が怪訝な顔をした。

土岐が言いにくそうな顔をした。

「爺、隠しごとはなしにしてくれ。爺にまでそうされると、朕はたまらぬ」

「申しわけおまへんでした」

言われた土岐が平伏した。

「これはわたいの推測でおます。正しいかどうかは、二条はんしかわかりまへん。それでもよろしかったら」

「かまわぬ」

当たっているかどうかわからないと注釈を付けた土岐を光格天皇が許した。

「たぶん、二条はんは、近衛はんのまねをしはろうとしたんですやろ」

「近衛のまね……」

「へい。近衛はんは、長らく関白とか摂政を出してはらへんかったのが、姫さんが六代将軍家宣《いえのぶ》さまの正室にならはったことで、幕府の後ろ盾を得て、長く朝廷を牛耳ってはりました」

近衛基熙《もとひろ》の娘、熙子《ひろこ》は四代将軍徳川家綱の甥で甲府藩主徳川綱豊《つなとよ》のもとへ嫁いでいた。そのままであったならば、近衛家は甲府家からの合力で米と金をもらうだけで終わったのだが、天の采配か綱豊が六代将軍となった。幕府としても将軍の義父となった近衛基熙を五摂家のなかでくすぶらせているわけにもいかず、その力を使って押し上げ、ついに近衛基熙は関白に就任した。さらにその後、息子の近衛家熙《いえひろ》、孫の近衛家久《いえひさ》、曾孫の近衛内前と摂政や関白を歴任し、五摂家第一の面目を保っていた。

「そうであったな」

光格天皇が首肯した。

「しかし、今の将軍に娘を輿入れさせるわけにはいかぬだろう。確か、今の将軍の正室は……」

ちらと光格天皇が鷹矢を見た。

「近衛内大臣卿のご養女さまでございまする」

鷹矢が答えた。

「また、近衛か」

光格天皇が首を左右に振った。

「これでは、二条の想いはかなわぬであろう」

「そこで禁裏付はんですわ」

土岐が鷹矢の背中を叩いた。

「拙者が、なにをっ」

鷹矢が驚愕した。

「わかりまへんか。典膳正はんは、なんで急に禁裏付になりはったんで。十年は続けるという慣例を破って、前任の西旗なんとやらはんを追い出してまで」

「それは……」

さすがに光格天皇の前で、朝廷を押さえこんで家斉の父一橋民部卿治済に大御所称号を出させるためだとは言えなかった。

「かまわぬ。委細、すべてを申せ」

光格天皇がここまで来て、遠慮をするなと命じた。

「……わたくしは老中首座松平越中守さまのお指図で、朝廷の弱みを見つけ、それをもって、大御所称号を認めさせるために禁裏付に任じられましてございまする」

「そうか……」

少しためらって述べた鷹矢に、光格天皇が短く応じた。

「……だが、それと二条がどうしてかかわる」

光格天皇が土岐に問うた。

「二条はんは、典膳正はんの味方をするつもりやった。いや、味方ではおまへんな。典膳正はんを操って、うまいぐあいに大御所称号勅許の手柄を己のもんにして、幕府の、将軍の機嫌を取り結ぼうとしはったんやないかと」

「大御所称号を土産《みやげ》に、幕府へ己の出世を頼むつもりだと」

土岐の答えに、光格天皇が苦く表情をゆがめた。

「では、南條蔵人の娘は、典膳正を籠絡するために」

「おそらく。でなければ、弾正尹の姫が、禁裏付の屋敷へ入るはずおまへん。しばらくしてからやったら、南條の姫さんの評判を聞いて、典膳正はんから手を伸ばしたかも知れまへんが、来てすぐでは、どこの姫が美形かどうかさえわかりまへんし、先任からそういった風習があるとも聞いてまへんやろうし」

「押しつけ側女か」

光格天皇が理解した。

「二条も焦ったものよな」

「へい。ちいと急ぎ過ぎはりました。結果、無理が生じて、南條の姫が送り込まれた罠やと典膳正はんに知られ、敵対することになってしもうて……」

「思い切った手を使って、典膳正を貶《おとし》めようとした……か」

「……………」

鷹矢は肯定も否定もできず、沈黙を守るしかなかった。

「関白になったところで、禄が増えるわけでもないというに」

光格天皇が哀れんだ。

「それしかおまへんねん、公家には」

土岐が情けないとばかりに首を左右に振った。

「考えて見ておくれやすな。武家に所領のほとんどを押領され、天下に号令を発しようとも誰も従わへん。権力も金もない。あるのは血筋と名誉だけ。そんな公家でっせ。出世という目標でもなければ、なんのために生きているのかわかりまへん。出世争いでもやってんと……」

「…………」

「なんとも……」

土岐の話に光格天皇と鷹矢の両方が言葉を失った。

「それを平清盛以来何百年もやってきたんでっせ。もう、出世欲は公家の骨に刻まれてますわ」

「宮家は恵まれておるのだな」

さらに付け足した土岐に、光格天皇が小さな声で述べた。

「宮家は政にかかわれぬ。ゆえに出世がない。禄は少なく、それこそ餉《け》に魚がのることなど年に数回もないが、生きてはいける。やることもなく、一日古典を紐解くか、歌を詠むかしかなく、子供も跡継ぎの嫡男以外は、さっさと寺へ送って口減らしをするしかないが、それでも平穏な日々であった」

閑院宮家から天皇になった光格天皇は、宮家の生活を知っていた。

「……………」

「どないしはったん」

黙り続けている鷹矢に土岐が怪訝な顔をした。

「いや、武家も同じ道をたどっていると背筋が寒くなったのだ。戦がなくなり、武力は無用のものになった。禄は増えず、出世するにはなにかしらの役目に就くしかない。そして役目は旗本の数よりもはるかに少ない。それこそ娘一人に婿十人といった有様だ。その一つしかない座を巡っての争いが……」

「公家と一緒か」

光格天皇が口にした。

「はい」

「出世を争う臣どもに、飾りとなった頭領。まさに鏡のごとくじゃな」

うなずいた鷹矢に、光格天皇が天を仰いだ。

「主上、そろそろ」

あまり長く天皇が一人でいるわけにはいかない。土岐が急かした。

「であったな。で、典膳正、南條蔵人のことどこで終わらせる」

「大御所称号と引き換えには……」

「それはならぬ」

問われて述べた鷹矢に光格天皇がはっきりとした拒絶を突きつけた。

「別段、太上天皇の問題を拒否しておきながらというのを引きずっておるわけではない。童の諍《いさか》いではないのだ。やったからやり返したでは、情けなさ過ぎよう」

「畏れ入りまする」

「などと言ったが、もともとはそこだったのは否定せぬ。朕が父には許さず、そちらだけ認めろは、あまりに朝廷をないがしろにしていると、大御所称号を拒んだのは事実だ。だが、今回のこととそれは切って考えねばならぬ。よいか、大御所称号はならぬというのは、朕が意志、すなわち勅である。勅は翻《ひるがえ》ってはならぬのだ。この身が高御座《たかみくら》にあるかぎり、朕が出した勅は、守られなければならぬ。でなければ、天皇の威が崩れ、やがてそれはすべての理を押し流し、世に乱を引き起こす。力なきとはいえ、朕は本邦の和を維持せねばならぬ。それがこの位に就いた者の使命である」

「ご立派でございまする」

「…………」

光格天皇の想いに、土岐と鷹矢は感動した。

「いずれ朕がこの座を降りるか、世を去り奥津城《おくつき》へ移ったのち、次の位を継いだ者が幕府の求めを認めようともそれはかまわぬ。天皇でなくなった者の意志は、当代の勅に劣る。でなければ、世の移ろいに朝廷はついて行けぬからな。神武帝《じんむ》や天武帝《てんむ》の勅をそのまま金科玉条《きんかぎょくじょう》として守り続けてみよ。わが国はとっくに滅びを迎えておる。勅も慣例も習慣もすべて代を替わる毎に、変化していく定めには従わねばならぬからな」

「ご叡慮たしかに承りましてございまする」

まさに道理であった。鷹矢は、光格天皇の意志を尊重すると決めた。

「慶賀である。では、そろそろ朕は参るとする。また、話を聞かせよ、典膳正。土岐、そなたが差配いたせ」

天皇らしい威儀に戻って、光格天皇が命じた。

「ははっ」

「お任せを」

鷹矢と土岐が、より深く頭を垂れた。

「……典膳正」

「はっ」

「面《おもて》をあげよ」

少し歩いた光格天皇が足を止めた。

「…………」

恐る恐る鷹矢が顔をあげた。

「若いの。だが、よき面《つら》構えである」

満足そうにほほえんで、光格天皇が去っていった。

「…………」

見えなくなるまで鷹矢は両手を突いたままで見送った。

「もうよろしいで」

土岐が立ちあがった。

「ああ」

応えながらも鷹矢は平伏の姿勢を崩せなかった。

「どないやった」

その様子に土岐がうれしそうに訊いた。

「賢きとは、主上のようなお方にこそふさわしい」

鷹矢は感動していた。

「せやろ」

土岐が何度も首を縦に振った。

「まだ閑院宮家におられたころは、やんちゃなお方でな。庭の木に登ったり、泉水の鯉を追い回したりとご活発であられたんやけどなあ、帝になられて一変しはった。無邪気に歯を出して笑わはることはなくなったけど……」

少し寂しそうに土岐が語った。

「人は変わる。その地位に応じてな」

「立場で器が変わるということか」

「やろうなあ。典膳正はんも気をつけや。禁裏付という衣が身におうてきたら、人も変わってまうかもしれんわ」

　確認した鷹矢に土岐が返した。

「…………」

「さあ、いつまでもここにおったらあかんがな。戻り。ああ、床下とちゃうちゃう。お庭拝見をしてた体をとるんや。左向いて進んで、あの建物の角を右、そのままっすぐ行ったら、つくばい石があるさかい。そこから御所へ入り。ごそごそ床下から武者伺候の間へ戻ってみいな、いらん者にまで隠し通路を教えることになるし、黒田伊勢守はんが、腰抜かすで」

　床下へ潜りこもうとした鷹矢を、土岐が注意した。

「であった」

　鷹矢はもう一度光格天皇の去ったほうへ頭を垂れ、背を向けた。

三

　南條蔵人が京都所司代に移送された。

これはあっという間に禁裏に拡がった。黒田伊勢守が近衛経熙に話し、そこから広まったのだ。

「貸しにできるかの」

朝議を終えて、屋敷に戻った近衛経熙は、桐屋を呼び出した。

「お呼びと伺いました」

右大臣の召喚とあれば、なにをおいても駆けつけなければならない。桐屋は一刻（約二時間）たらずで御所今出川門内にある近衛家の屋敷に伺候した。

「ああ、よう来た」

御簾の向こうで近衛経熙が応じた。

「なんぞ、禁裏御用の件で進捗《しんちょく》でも」

近衛経熙には、そのための費用として一千五百両を渡している。桐屋が問うたのも当然であった。

「ああ、そっちは順調じゃ。すでに五十家以上の公家が、麿の意に賛同いたしておる」

ちゃんとやっていると近衛経熙が述べた。

「それはありがたいことでございまする」

桐屋が頭を下げて感謝した。

「今日はその用やない。別の話で呼んだのじゃ」

近衛経熙が本題へ入った。

「別の話ですか、なんでおますやろ」

桐屋が首をかしげた。

「そなた、百万遍のほうの禁裏付と、なにやらもめたらしいの」

「……お耳に届きましたか。へえ、錦市場でちぃと行き違いがございました」

近衛経熙が知っていたことに、少しだけ驚きながら、桐屋が告げた。

「あの禁裏付、東城典膳正やったかな。あやつとは伊藤若冲が親しい。そして伊藤若冲は錦市場の枡屋茂右衛門やからな。錦市場とのかかわりはある」

「さようでございましたか。こっちは知らなかったものですよって、連れていた地元の男が、禁裏付さまとは知らず、無体を仕掛けてしまいまして……」

またも知らなかったと桐屋が首を横に振った。

「で、禁裏付をどうするのじゃ」

近衛経熙が問うた。

「わたくしが、禁裏付さまを。なにを仰せられますやら。禁裏付さまは幕府のお役人でっせ。とても一介の商人でしかないわたくしでは、とてもとても」

なにもしないと桐屋が答えた。

「麿の前でまで取り繕わずともよいぞえ」

「取り繕うやなんて、とんでもないことで」

笑いを含んだ近衛経熙に、桐屋が強く否定した。

「そなた、所司代戸田因幡守のもとにも出入りしているそうやな」

「……畏れ入りました。さすがは右大臣さま。京のことはなんでもお見通し」

桐屋がまた驚いた。

「典膳正は江戸の松平越中守の紐付きや。ほんで戸田因幡守は松平越中守の敵やった田沼主殿頭の生き残りや。これくらいは知ってるやろ」

「…………」

黙ることで桐屋は肯定に代えた。

「よろし。知ってるようや」

すぐに近衛経熙が悟った。

「つまりは、あの禁裏付をどうにかすれば、戸田因幡守も喜ぶということや」

「それが、なぜわたくしに」

近衛経熙の言葉に桐屋が怪訝な顔をした。

「禁裏付は邪魔やろう」

「………」

もう一度桐屋は黙った。

「さあて、ここから先は、ただでは渡せぬ」

「いかほどで」

「五十両」

近衛経熙が金額を口にした。

「申しわけおまへん」

そんなに出せないと桐屋は拒んだ。

「桐屋にとって五十両など、端金《はしたがね》であろうに」

「五十両稼ぐのは、そう難しいことではおまへん。ですが、五十両の儲けを出そうと思うたら、その五倍はものを売らなあきまへん」

たいした金額ではないだろうと言った近衛経煕に、桐屋が首を左右に振った。

「三十両ならどないや」

「ご勘弁を」

「ほな、なんぼやったら出す」

近衛経煕が交渉をあきらめた。

「十両ならば」

「少ないの」

桐屋の提示に、近衛経煕が渋った。

「では、なかったお話に」

「やむをえぬ。前にもらっているからの。それでよいわ。平松」

「はっ」

手を突いて辞去しようとした桐屋を宥め、近衛経煕が座敷の隅で塑像《そぞう》になっていた家宰に合図をした。

「こちらに」

近衛家の家宰、平松大納言が懐紙を桐屋の前に置いた。

「へい」

紙入れから十両出した桐屋が、懐紙の上に並べた。

「御所はん、たしかにごじゃりまする」

確認した平松大納言が御簾へ向かって報告した。

「しもうとき」

平松大納言に金を保管しておけと命じた近衛経熙が、少し間を空けた。

「……桐屋。蔵人の件は知っておるやろ」

「へい。南條蔵人さまが禁裏付はんに捕まったということは」

桐屋が首肯した。

「その南條蔵人が、禁裏付から所司代へ預け場所が変わった。どうやら戸田因幡守から強硬な申し入れがあったらしい」

近衛経熙がようやく語った。

「そんなことが……となると……いえ、これはこちらのことでおました。お教えいただきありがとうございました。わたくしはこれにて失礼いたしまする」

なにかを口にしかけた桐屋だったが、それを止めて辞去を告げた。

「よろし」

御簾ごしに近衛経熙が認めた。

「……………」

近衛屋敷を出た桐屋が、小さく舌打ちをした。

「南條蔵人が禁裏付役屋敷から所司代屋敷に移されたことくらい、昼ごろには砂屋楼右衛門から聞いてるわ。まったく、それを恩着せがましく、金まで取って……知らない振りをするのがたいへんやったやないか」

桐屋が吐き捨てた。

「十両といえ、無駄金や。しかたないわ、御所出入りの看板をもらうためには、公家筆頭の近衛家の機嫌を損ねるわけにはいかへん。とはいえ、腹立たしいのはたしかや。どっかでそれだけのもんを取り返さんと気が収まらん」

文句を言いながら桐屋が、南禅寺のほうへと進んだ。

「御免やで」

しばらく歩いた桐屋が、お浪の店へと着いた。

「これは、桐屋の旦はん。御守はんどすか」

お浪が訊いた。

「ああ、会えるかい」

「どうぞ、こちらへ」

お浪が店を出て、案内に立った。

「伺いをたてんでもええんかいな」

「昼過ぎには来はるやろうと御守さまが」

前触れが要るだろうと首をかしげた桐屋にお浪が告げた。

「……京の者《もん》は、皆天狗かいな。すべてお見通しかい」

桐屋が身を震わせた。

「……待ってるがな」

御堂の前に砂屋楼右衛門が立っているのを桐屋が見つけた。

「ほな、あたいはここで」

小腰を屈めてお浪が店へと戻っていった。

「ようこそ、お出で」

「……お待たせしたようで」

にこやかに迎える砂屋楼右衛門に、桐屋が無理矢理平然さを装った。

「近衛はんのお呼び出しだったそうで」

「後尾《つ》けてんのと違うやろな」

言われた桐屋が思わず問うた。

「お客はんにそんなまねしませぬよ。もっとも我らを裏切るつもりの輩には別ですけどな」

砂屋楼右衛門が口の端を吊り上げた。

「そうか、近衛さまを見張っている」

桐屋が気づいた。

「ちいと違いますが、まあ、そんなもんですわ」

「商売の秘密は明かさんと」

あいまいに笑った砂屋楼右衛門を、桐屋が睨みつけた。

「…………」

表情一つ変えず、砂屋楼右衛門が怪しげな笑みを続けた。

「ふん」

桐屋が折れた。

「どうぞ、なかへ。茶など進ぜますよって」

前回よりはるかに砕けた態度で、砂屋楼右衛門が誘った。

「そうさせてもらうわ」

桐屋が誘いを受けた。

「どうぞ」

「いただきますわ」

出された素焼きの湯飲みを桐屋が受け取った。

「……ほう、これはまた、ええお茶でんな」

一口含んだ桐屋が目を大きくした。

「宇治の茶でも最高のもんですわ。特別なお方にだけしか出してまへん」

砂屋楼右衛門が茶を啜りながら答えた。

「この間は、特別な客やなかったと」

前回は出なかったなと桐屋が嫌味を聞かせた。

「初会でしたからな。祇園でも初会は冷とうされまっせ。なにせ、ええ客か、悪い客か、それとも客でさえないか、わかりまへんから」

平然と砂屋楼右衛門が応じた。

「……さよか」

桐屋が引いた。

「近衛はんのお話は、南條蔵人のことですやろ」

「お見通しの通りや。知ってるのを知らん振りすんのはかなんわ」

桐屋がため息を吐いた。

「いくら取られました」

持っていた湯飲みを置いた砂屋楼右衛門が尋ねた。

「そこまではわかりまへんか」

「さすがに、神さんやないんで」

どこまで手が伸びているのかと探りを入れた桐屋に、砂屋楼右衛門が苦笑した。

「十両」

「ほう、さすがは大坂のお人や。ずいぶん、値切らはった」

聞いた砂屋楼右衛門が感心した。

「最初は五十両でしたわ」

大坂人は安く値切ったと言われるのを喜ぶ。桐屋が機嫌を直した。

「五十両とは、近衛はんは相変わらず、欲がお強い。五摂家は皆、おなじようなもんですけど、とくに近衛はんは」

砂屋楼右衛門が小さく首を左右に振った。

「よく我慢しはった。そこでもう知っているとなったら、近衛はんの顔は潰れるし、なにより無駄に警戒させることになりましたで」

桐屋の対応を砂屋楼右衛門が褒めた。

「そうか。儂と所司代はんが繋がっていると知ってはったから、そっちから聞いたと納得したんでは」

「あきまへん」

問題なかったのではと言った桐屋を砂屋楼右衛門が否定した。

「所司代はんと桐屋はんとの仲が、もう一年以上やったら別ですがな。昨日の今日みたいなもんですやろ」

「ああ」

砂屋楼右衛門の確認に桐屋がうなずいた。

「そんな短いつきあいしかない商人を信じて、朝の出来事をわざわざ報せるようでは、この京洛で所司代なんぞやってられまへん。京は、政にかんして、親子でも信じたら負けますねん」

「…………」

思わず桐屋が黙った。

「それを覚悟して、京へ手伸ばしてきはったんですやろ」

「……だな」

言われた桐屋が首を縦に振った。

「桐屋はんは、ええお客はんや。こっちとしても長いおつきあいを願いたいと思うてます。そやから、ちょっとした老婆心ですわ。京で生きていくんやったら、あんまり頭のええところを見せたらあきまへん」

「馬鹿でいろと」

「ううん、ちょっと違いますな」

確かめるような桐屋に砂屋楼右衛門が困惑した。

「馬鹿では、使い捨てられるだけですわ。ええようにおだてられて、天狗にされて、気がついたら身ぐるみ剝がされて、ぽい」

「遊所と同じか。金のある間は持ちあげて、なくなったら洟《はな》も引っかけへん」

「そうですな」

砂屋楼右衛門が首肯した。

「馬鹿ではあかん、賢うてもあかん。どないせいちゅうねん」

桐屋が戸惑った。

「相手より、少しだけ劣る振りをしなはれ」

「少しだけ劣る……」

砂屋楼右衛門の述べた意味を桐屋は理解できなかった。

「そう。相手が十なら八くらいで相手するんですわ。それが一番敵を作らへん方法。十の相手にしてみたら勝ってはいるが、さほどの差がないから敵に回したくはない。それがもっとも安全」

「十二で威圧したらあかんのか。とても勝てへんと思わせたらすむやろう」

桐屋が疑問を口にした。

「それで大坂はうまいこといきましたか」

「うっ……」

痛いところを突かれた桐屋が詰まった。もともと桐屋は大坂で派手にやり過ぎて、いろいろなところから睨まれるようになり、そこから抜け出す活路として御所出入り、禁裏御用という看板を欲しがっているのだ。

「己より下やと思うていた連中に手を組まれたら……十二の桐屋はんでも、八の大坂商人が五人集まって四十になったら勝てまへん。尖りすぎた槍の穂先は、寄ってたかって鞘《さや》を付けられますで」

砂屋楼右衛門が助言を続けた。

「なかでも公家は特別ですわ。なにせ、貴き血を引いてると思いこんでますから。公家たる我らは殺伐たる武家より、土にまみれる百姓より、汗を流して働く職人より、卑しい金に目の色を変える商人より、はるかに高みにある。そう代々信じてきている。そしてこれは格上の公家ほど強い。当然、五摂家は言うまでもおまへん」

「…………」

桐屋は黙って聞くしかなかった。

「そんな五摂家に、力で迫ってみなはれ。生意気なとなりますやろ。たしかに桐屋はんの財力やったら、摂家の一つくらいはどうにかできますやろ。しかし、五摂家は全部が身内みたいなもんや。普段は官位や役職やで争っているけど、こういうときは固まりよる。五摂家全部を敵にできますか。それは禁裏を、いや、京を敵にするのと同じ」

「……ごくっ」

砂屋楼右衛門の話に、桐屋は唾を呑んだ。

「千五百両を出したのは……」

「まずかったですなあ。相手の言い値で止めとくべきでしたわ。それが、今日の呼びだしに繋がった」

桐屋の問いに砂屋楼右衛門が答えた。

「今日のは、儂の器量を量るためのもの」

桐屋が唖然となった。

「ですやろうな。もし、すでに知ってますと答えていたら……今ごろ近衛はんは、親しい鷹司はんの屋敷で、どうやって桐屋はんをむしりながら潰すかの話し合いしてはりまっせ」

「むうう」

砂屋楼右衛門の予測に、桐屋が唸った。

「よくぞ、辛抱しはりました」

「辛抱したわけやない。商いの一つや。儂にとって御所出入りをもらうというのも商売。そしてその商売の客の一人が近衛さまやねん。商いのこつで大事なんは、店に来た客をどれだけ気分良く帰すかや。儂はそれを実践して、近衛さまの機嫌を損ねないように、ええ気分で儂を送り出せるようにとしただけ」

いつもの癖が救っただけだと知った桐屋が苦い顔をした。

「いや、そういったものが身を助けるのでございますよ。きっと桐屋はんは、望みを果たされはります」

「……でなければ、割があわんわ」

大丈夫だと言った砂屋楼右衛門に桐屋が大きく息を吐いた。

「ところで、どないします」

「南條蔵人の命かいな」

訊いた砂屋楼右衛門に桐屋が確認した。

「所司代屋敷やけど、やれるんか」

返事をする前に、桐屋が可能かどうかを尋ねた。

「禁裏付組屋敷よりは、楽ですわ。あっちは狭いところに大勢詰めてましたし、気を張ってました。しかし、所司代屋敷は広いし、人数もその割には少ない。なによりも所司代屋敷に押し入った者なんぞおらんと油断しきってますさかいな。さすがに今日片付けてこいと言われると困りますが、数日もらえれば」

できると砂屋楼右衛門が胸を張った。

「ふむ……できるんや」

桐屋が考えこんだ。

「放置でええわ。戸田因幡守さまの顔潰すのはええ案とは言えん」

戸田因幡守と桐屋は手を組んでいる。その戸田因幡守の手のなかにある南條蔵人を殺すことは、その名前と権威を大いに貶《おとし》める。

「禁裏付のもとにいるときは無事やったのに、所司代屋敷へ移った途端、殺されてしもうたとなれば、公家たちの反応はまずいやろ」

「まずうおますな。公家一人の命を守れない者に、朝廷守護ができるかと騒ぎ出しまっせ。そうなると……」

「江戸へ召喚されて、御役ご免、隠居やな。儂の使《つ》こうた金は、また無駄になる。それは避けなあかん。少なくとも、儂が御所出入りになるまでは、戸田因幡守さまに所司代でいてもらわなつごうが悪い」

　砂屋楼右衛門の言葉に桐屋が同意した。

「では……」

「ああ、金なら返さんでええ」

　懐へ手を入れた砂屋楼右衛門を桐屋が制した。

「南條蔵人の移送を昼前には報せてくれた。朝一のことをそれだけ早くもたらせられる。その力は十分値打ちがある」

「おおきに」

　称賛された砂屋楼右衛門が頭を垂れた。

「南條蔵人のことは終わりやとさせてもらいますが、禁裏付のほうはどないしましよ」

砂屋楼右衛門が質問した。

「江戸の紐付きやしな。邪魔や」

「承知」

砂屋楼右衛門が首を縦に振った。

四

南條蔵人の移送を見た霜月織部は、激怒のあまり鷹矢を問い詰めようとした。ようやく摑んだ朝廷の弱みを、松平定信に断りもなしに、その政敵戸田因幡守に譲ってしまったのだ。松平定信に忠義を捧げている霜月織部としては、とても納得できるものではなかった。

「……禁裏へ押しかけるわけにもいかぬ」

鷹矢は禁裏付の役目として、参内している。いかに松平定信の懐刀とはいえ、身分は御家人でしかない。とても御所へ入ることは叶わなかった。

「帰って来るまで待つしかないか」

霜月織部は、禁裏付役屋敷を見張れる辻角で、鷹矢の帰邸を狙った。

禁裏付は夕方にならなければ戻って来ない。

朝から一人でじっとしていると、脳裏にはいろいろなことが浮かんでくる。

「……なぜ」

だが、行き着くところはそこしかない。鷹矢が松平定信の敵に切り札を渡したのか、その意味を霜月織部は悩んだ。

「買収された……」

誰でも思いつくのはそこである。

どれだけ志操堅固《しそうけんご》な者でも、弱点はある。金であったり、地位であったり、道具であったり、女だったり、ときには変哲もない食べものであったりするが、そこを突かれると意志がぐらつくことはある。

「いや、金で転ぶほどおろかではない」

鷹矢の家禄は六百石である。今は禁裏付として足高四百俵をもらっているが、本来の年収は二百四十石、金にして二百二十両ほどである。今どきの旗本が家臣を養い、身分に釣り合う生活を送るには、二百二十両ではいささか厳しい。といったところで、側室を何人も抱えるとか、刀の蒐集《しゅうしゅう》に淫《いん》するとかでなければ、やっていけない金額ではなかった。

「千両もらったところで、老中首座松平越中守さまに不利を働いたとなれば、御役を辞めさせられたうえで減禄は確実だ」

いかに松平定信が老中首座であっても、旗本は将軍の家臣である。やはり将軍の家臣である譜代大名では、鷹矢を改易《かいえき》にすることはできなかった。旗本を潰すには、評定所へ引き出し、その罪を目付や他の老中と吟味したうえ、将軍へ許可を求めなければならなかった。

もちろん、松平定信がやろうと思えば、簡単にできるし、十一代将軍家斉もその結果を却下はしないだろうが、たかが六百石の旗本に、そこまで固執する理由を探られるのは確かであった。そして、同じ御三卿の出である家斉は、一つまちがえれば己に代わって十一代将軍となったかもしれない田安家出身の松平定信を嫌っている。今は、その政治手腕を頼っているが、数年経って家斉に政をこなす能力が付けば、まず更迭《こうてつ》は避けられない。

そのときまでに、松平定信は幕政に隠然たる地位を確立しておかなければならないのだ。それこそ、家斉が松平定信を排除しようとしたら、逆に隠居させられるだけの力が要る。

「越中守さまに毛ほどの傷も許されぬ」

霜月織部が唇を噛んだ。

「将来の地位を約束できる立場ではないしな、戸田因幡守は」

他人の出世どころか、己の地位さえ危ないのだ。戸田因幡守が鷹矢に将来は大名に取り立ててやると言ったところで、空手形どころか、妄想でしかない。

「女……」

次に男に効果の高い条件を思いついた霜月織部が、言葉を切った。

「おるではないか、女が」

霜月織部が手を打った。

「たしか、若年寄安藤対馬守《あんどうつしまのかみ》さまの留守居役、布施どのの娘御が。たしか、弓江どのと申されたはず」

弓江のことを霜月織部が思い出した。

「会ったことはないが……」

霜月織部が腕を組んだ。

「南條蔵人の娘は、髷《まげ》を結っていない」

公家の娘は髪を結い上げず、背後に垂らして、先のほうを紙で縛っている。

「髷を結っているのが弓江どのだ」

武家の女は髷を島田《しまだ》に結うのが慣例であった。もっとも嫁にいけば、髷は島田から丸髷に変わるが、まだ弓江は鷹矢の妻ではない。

「出てくればわかる」

多少離れていても、髪型の違いは目立つ。

霜月織部が、禁裏付役屋敷をじっと見つめた。

「買いものは当分の間、わたくしがいたしましょう」

弓江が宣した。

「わたしはあんまり外へ出ないほうが……」

温子が気まずそうな顔をした。

「ですね。温子さまは南條蔵人さまの娘。縁を切ったとはいえ、親子の関係はそう簡単にいくものでもございません。東城さまの足を引っ張ろうとしている連中にしてみれば、かっこうの標的。無防備にうろついたら、それこそ半刻（約一時間）たらずで攫《さら》われてしまいましょう」

冷静に弓江が告げた。

「屋敷におれば、まず大事ございませぬ。さすがにもう一度禁裏付役屋敷を襲おうと考える愚か者はおりますまい。策というのは初めてだからこそ有効なのでございますから」

弓江が屋敷にいる限り大丈夫だと述べた。

「わたし……」

「足手まといだなどと口にしたら、許しませんよ」

言いかけた温子を弓江が制した。

「あなたの報せで東城さまは、無事に他行から戻って来られたのです。たしかに檜川さまはなかなかの遣い手でしょうが、浪人のときやっていた剣道場を潰されたお方。刀を遣わせれば、それこそ万夫不当《ばんぷふとう》でしょうが、待ち伏せなどの奇襲を喰らえば、まともに力を発揮することなく、東城さまを守りきれなかったかも知れません」

弓江が温子の功績を認めた。

「…………」

温子が顔をあげた。

「言わずともわかっておられましょうが、今、東城さまは大事なところです。ここで躓《つまず》くわけには参りませぬ」

「わかっておりまする」

念を押した弓江に温子がうなずいた。

「ならば、どのような誘いがあろうとも、のってはいけませぬ。また、あなただけが知っているというのも許されませぬ。一人でなにかなさろうとして、それで東城さまを窮地に追いやるようなことがあったら、わたくしがあなたを……」

ぐっと弓江が温子を睨んだ。

「なんでも話したらよろしいねんな」

「はい」

確かめる温子に、弓江が首肯した。

「では、買いものに出て参りまする。今日の夕餉は蜆《しじみ》の汁と根深《ねぶか》、山芋、牛蒡《ごぼう》の煮物

と考えております る」

「……山芋と牛蒡はまだあったはず。わたしは、それの皮を剝いて、あく抜きをすませときますわ」

献立を言った弓江に、温子ができることをしておくと応えた。京で雇う女中は信用できない。鷹矢の身の回りのことは二人で担当するしかなかった。

禁裏付役屋敷も武家屋敷同様、主人の出入り、同格あるいは格上の来訪などでなければ、大門を開かない。

禁裏付役屋敷の南側辻にある脇門から、弓江が外へと出た。

「十年ですか、禁裏付は」

弓江が呟いた。

「千石の旗本といえば、お歴々に入ります。禁裏付を含め、長崎奉行や佐渡奉行のように遠国役を拝命することも多い。当然のことながら、妻を任地に連れて行くことはまずありませぬ」

旗本の場合、大名のように妻子を人質として江戸へ残さなければならないというわけではないが、足弱の女を伴っての道中は暇がかかる。途中で無理が来て、身体を壊されても困るし、いかに旗本の妻とはいえ、箱根の関所を通るのは難しい。大目付に妻を任地へ伴うことを届け出て、女人手形を発行してもらわなければならなくなる。

それだけではない。妻を旅させるとなれば、身のまわりの世話をする女中も行列に加えなければならず、その者の道中手形も要る。

髪型一つ変わっただけで、道中手形は無効になる。旅の辛さでやつれ、痩せ細っただけでも関所は通してくれない。一度通行不許可になった道中手形はそこで無効になり、また江戸に戻って新しい手形を作ってもらわなければならないのだ。そんな面倒を、赴任する役人がするわけもなかった。

「となれば、わたくしが東城さまの妻となったら、二度と江戸から離れることはありませぬ」

小さな吐息を弓江が漏らした。武士の女は、生家と嫁ぎ先しか知らないのが普通であった。

「これが最後なのでしょうね。異郷の地を踏めるのは」

弓江が独りごちた。

霜月織部は禁裏付役屋敷の南側の辻から、女が出てくるのに気づいた。

「島田髷……あれだな」

弓江だと確信した霧島織部だったが、すぐには動かず、周囲を確認した。

「見張っている者も……あれはっ」

霜月織部はすっと身を辻の奥へと退いた。

「町娘、いや、茶屋の女のような出で立ち……あやつも禁裏付役屋敷を見張っている」

雀を霜月織部は見つけた。

「弓江どのに近づいていく……」

霜月織部の目が鋭いものになった。

武家の女だから、かならず武芸を身につけているというものではなかった。しかし、それでもさすがにまっすぐ近づいてくる女には気づく。現況が現況なだけに、弓江が緊張したのも当然であった。

「すんまへん」

弓江の二間（約三・六メートル）ほどのところで、雀が足を止めて声をかけた。

「なんでしょう」

弓江の警戒はよりました。

雀の風体は、遊女とまでいかずとも、まともな町娘のものとは違う。大きく抜いた襟と、開かれた胸元などから、どう見ても木屋町あるいは祇園あたりの芸妓が、お座敷前に出歩いているといった感じであった。

そして、そんな格好の女と禁裏付との間に、かかわりはなかった。

「ちいとお伺いしたいんどすけど、あなたさまは、あちらのお方はんですかいな」

間合いを保ったまま、雀が訊いた。

「いかにも。禁裏付東城典膳正の係人でございますが、あなたは」

答えた後、弓江が問うた。

「名乗るほどの者《もん》やおまへん」

雀が拒んだ。

「さようですか。では、これで」

あっさりと弓江は雀を無視して、歩き出した。

「ちょ、ちょっと待ちいな」

あわてて雀が弓江を止めようとした。

「用事がまだすんでへん」

　雀が文句を言った。

「それはそちらの勝手。名乗りもできない怪しげな者とかかわり合いにはなりたくありませぬので」

　きっぱりと弓江が拒絶した。

「ちょっと話を聞かせてもらうだけやねんけど」

「…………」

　雀を無視して、弓江が市場へと足を進めた。

「江戸者《もん》は情が強《こ》わうて、かなわんな」

「…………」

　あきれる雀に、弓江は目も向けなかった。

「らちがあかんわ。このままやったら、御守さまに叱られるし……」

　首を左右に振った雀が、手を振った。

「お呼びでおますか、姐はん」

　数名の無頼が駆け寄って来た。

「その女、連れて帰るわ。うるさないよう、口は塞ぎや」

雀が抜けたような雰囲気を一掃して、無頼たちに命じた。

「へい」

「わかってま」

無頼たちが弓江に迫った。

「無礼者、なにをする」

弓江が声を険しくして叫んだ。

「黙ったほうがええで、痛い思いせんでええからな」

下卑《げび》た笑いを無頼の一人が浮かべた。

「近づくな。ただではすまさぬぞ。わたくしは東城典膳正さまの許嫁《いいなずけ》であるぞ」

帯に差した懐刀に弓江は手を伸ばしながら、願望を含めた脅しを口にした。

「それはええ。絶対逃がしなや。逃がしたらわかってるやろな」

雀が配下の無頼たちを引き締めた。

「へい」

無頼たちが緊張した。

「無駄や、無駄や。そんな綺麗な錦に包みこまれた刃物、抜くだけでも大変やろ」

一生懸命紐をほどこうとしている弓江を無頼が嘲笑した。

もともと武家の女が帯に差している懐刀は、護身用ではなかった。操《みさお》を汚されるとなったとき、名誉を守るためいさぎよく自決するためのものであり、戦いに遣えるものではなかった。

「なにをっ」

懐刀を包んでいる布をほどきはじめたところで、弓江は背後から抱きつかれた。

「きゃっ」

女としての本能で前に屈みこもうとした弓江の下に別の無頼が入り、そのまま担ぎあげた。

「猿ぐつわ」

「おう」

無頼が手にしていた手拭いを弓江の口へ突っこんだ。

「行くで」

雀が手下たちに合図をした。

「へい」

弓江を担いだ無頼たちが走り出した。

「……何者だ」

助けに入らず、霜月織部は一部始終を見ていた。

「どこに繋がるか」

十分間合いを取って、霜月織部は雀たちの後を追い始めた。

第五章　動いた闇

一

光格天皇との謁見を終えた鷹矢は、戻って来た日記部屋で仕丁たちの刺すような目に迎えられた。

「どちらへいてはりました」

仕丁が険しい声で訊いた。

「黒田伊勢守どのと面談の用があり、武者伺候の間へ行っていた」

「その後でおます。武者伺候の間にずっといはったわけやおまへんやろ」

半分だけ告げた鷹矢に、仕丁が嚙みついた。

「ああ、その後、ちと気分を変えたくなってな。お庭を拝見していた」

「お庭拝見……」

鷹矢の答えに仕丁が困惑した。

お庭拝見は地下人と呼ばれる下級役人や庶民にはまず認められないが、六位の諸大夫以上だと問題なく許される。厳密には地下人諸大夫というのもあるので、誰でもというわけではないが、幕府の名代である禁裏付は別格とされている。もちろん、禁裏で庭を使っての行事などが予定されているときは駄目であるが、それ以外は申告するだけでいい。

「届けは出しはったんですか」

「ああ、そこにいた仕丁に声をかけたぞ」

嘘ではない、土岐と話はしている。さらなる質問に鷹矢は堂々と応じた。

「それやったら結構ですけど、次からは日記部屋当番のわたいらにも一声かけておくれやす。でなければ、武家伝奏はんがお見えになられて、どこへ行っていると問われたときに困りますよって」

「気を付けよう」

仕丁の文句に鷹矢は従うとも従わないともどちらでもない返答をした。

「広橋中納言さまがお出でになったのか」

武家伝奏の名前が出たことについて、鷹矢が尋ねた。

「そうです。ちょっと前にお出ででした」

「なるほど。では、こちらから……」

「昼前にもう一度お出でになられるそうで」

来たとの答えに鷹矢が腰をあげかけ、それを仕丁が止めた。

「さようであるか」

鷹矢は座り直した。

光格天皇と長く話しこんだため、昼までほとんど間はない。しばらくして広橋中納言が日記部屋へやって来た。

「どこへ行っていた」

「お庭拝見なさっていはったそうでございまする」

問うた広橋中納言に仕丁が告げた。

「お庭拝見だと……あまり禁裏をうろつくではない」

広橋中納言が鷹矢を睨みながら指図した。

「問題はないはずでござるが」

「……度々はならんで」

咎められるゆえはないはずだと言った鷹矢に、広橋中納言が苦い顔をした。

「御用は」

鷹矢は広橋中納言を敵として見ている。あまり無駄な会話をしたいとは思わない。さっさと用件を話せと、鷹矢が突き放した。

「……こやつ」

無礼な対応に広橋中納言がこめかみに筋を作った。

「世間話でしたら、それでもよろしいが」

無駄話でもつきあってやるぞと、鷹矢が煽った。

「たかが従五位でありながら、従三位中納言の磨に、その口の利きよう……」

「御不満ならば、辞めてもよろしゅうございますぞ」

怒る広橋中納言に鷹矢が述べた。

「むっ……」

広橋中納言が詰まった。

禁裏付が辞任する。当然、その手続きは京都所司代から禁裏付を支配する若年寄へと回された。

京都所司代の戸田因幡守は、喜んで鷹矢を京から追い出そうとするだろうが、松平定信の腹心若年寄の安藤対馬守がそれを認めるはずはなかった。

「なぜ、東城典膳正が辞任することになったのか」

当然、詳しい事情が調べられる。

「武家伝奏広橋中納言との間がうまくいかず……」

このていどならばいいが、

「広橋中納言が東城典膳正を阻害し、禁裏付としての役目を果たせないようにした」

などと松平定信へ報告されれば、広橋中納言は無事ではすまなかった。

「朝廷と幕府の間を取りもつのが武家伝奏の役目のはず。それが禁裏付の邪魔をするなど論外じゃ。とくに今は朝廷と幕府の間に問題があるときである。とても武家伝奏を任せるにふさわしからず」

幕府から朝廷に広橋中納言を罷免しろとの要請が出される。

「朝廷のことに口出しをするな」

武家伝奏は朝廷が公家に命じるもので、幕府にどうこうする権はない。

「ならば、武家伝奏に与えていた役料を取りあげる」

役料は幕府から武家伝奏を務めている公家への気遣いである。いや、うまく朝廷に幕府の意を伝えてくれという賄賂である。幕府の味方をするどころか、敵対する者に、役料をくれてやるわけはない。そこまで幕府は朝廷の機嫌を取ろうとは考えていないのだ。

「今後ともに武家伝奏への役料はなしとする」

役料を出すのは幕府である。取りあげるのも勝手であった。

「冗談ではない」

武家伝奏は広橋家の家職ではない。広橋家以外にも勧修寺《かじゅうじ》家、万里小路《までのこうじ》家、千種《ちぐさ》家、柳原《やなぎわら》家など、十家をこえる公家が徳川幕府になってから任じられている。

どの公家も数百石ていどの家禄しかないのだ。武家伝奏に任じられてもらえる五百俵の役料は大きい。それを広橋中納言のせいで失ったとあれば、どれだけ非難を浴びせられるかわかったものではない。

非難されるだけならまだしも、確実に実害も出た。

「広橋家との縁は遠慮じゃ」

同格あるいは格上の公家との縁談、養子縁組などがなされなくなり、格下とつきあうしかなくなる。そうなれば、いずれ、広橋家の家格を下げるべきであろうとの意見が出る。

公家としてそれだけは避けなければならなかった。

「……わかっておる。話というのは、南條蔵人のことじゃ」

一度大きく息を吸って、広橋中納言が気分を替えた。

「南條蔵人ならば、すでに拙者のもとに在らず」

鷹矢が首を横に振った。

「知っておるわ。京都所司代のもとへ移されたのであろう。その理由を訊きたいのじゃ」

広橋中納言が経緯を教えろと求めた。

「理由……ただ、今朝方京都所司代戸田因幡守どのより、南條蔵人の身柄を引き渡せとの指図があっただけじゃ」

「今朝方……それですぐに引き渡したのか」

予想外の答えだったのか、広橋中納言が驚いた。

「命であるからな」

当然のことだと鷹矢が告げた。

「南條蔵人は禁裏付だから捕まえたのであろう」

「禁裏付は、御所内のことを監察する。御所の外は京都所司代の管轄であると言われてはしかたあるまい」

広橋中納言の疑問に鷹矢が答えた。

「……………」

正論であるだけに、広橋中納言も反論できなかった。

「どうするつもりじゃ」

「なにを」

あいまいな質問は困る。具体的になんのことか言えと鷹矢が返した。

「南條蔵人のことだ。取り潰すのか」

広橋中納言が南條蔵人への処罰について尋ねた。

「戸田因幡守どのに訊いてくれ。拙者の手からはすでに離れている。南條蔵人は、禁裏付役屋敷へ押し入った罪で、京都所司代によって裁かれる」

知ったことではないと鷹矢は手を振った。

「まこと、かかわりはもうないのじゃな」

「ない。たとえ、禁中で南條蔵人と会おうとも、苦情一つ言わぬ」

念を押した広橋中納言に、鷹矢はうなずいた。

「わかった。用はそれで終わりじゃ」

そそくさと広橋中納言が出ていった。

「どこへ報告に行くのやら」

鷹矢は冷たい目で広橋中納言を見送った。

広橋中納言は二条大納言のもとへ急いだ。五摂家の間をうまく泳ぐのも公家の世渡りであった。

「助かったでおじゃる」

二条大納言が広橋中納言に礼を述べた。

「戸田因幡守ならば、あの禁裏付と違って話がわかる。南條蔵人を放免させるくらいは容易であろう」

　走狗として見捨てるつもりでいたが、鷹矢から戸田因幡守へと移されたならば、助けようもある。見捨てるのは簡単だが、今回は顚末《てんまつ》すべてが公家中に広まっている。五摂家や名家、清華家などの名門であれば、従六位蔵人など人とさえ見ていない。切り捨てても哀れみさえ覚えないので、問題にならないが、さすがに五位以下の公家にとっては大きい。

「二条はんに与《くみ》したら、えらい目に遭うで」

　こうなると二条大納言に従う者がいなくなってしまう。見捨てるしかないときはやむを得ないが、助けられるときは手立てを尽くすべきであった。

「雅楽頭に行かせるか」

　二条大納言が呟いた。


　いつものように勤務を終えた鷹矢は、御所を出たところで顔色を変えた檜川の出迎えを受けることになった。

「殿……申しわけもございませぬ」

鷹矢の姿を見た檜川が、土下座をした。

「なにがあった」

「布施さまが……攫われましてございまする」

檜川の様子に顔色を変えた鷹矢へ、凶報が報された。

「まことか」

「これが、寺町通りに落ちておりました」

檜川が手にしていた懐刀を鷹矢に差し出した。

「この錦は、布施どのが身につけていた懐刀……」

「…………」

見覚えのある錦袋に鷹矢が唖然とし、檜川はふたたび頭を地につけた。

「立て、檜川。とりあえず屋敷へ帰る。ここではまずい」

御所の出入り口での遣り取りは目立つ。とくに土下座などそうそうに見られるものではないのだ。すでに注目を浴びていた。

「は、はい」

檜川があわてて立ちあがった。

「行列を出せ。あわてずなにもなかった風でだ」

駕籠に乗りこんだ鷹矢が命じた。

二

禁裏付役屋敷に戻った鷹矢は、蒼白《そうはく》になった温子に飛びつかれた。

「わたしが、わたしが……」

温子が泣き崩れた。

「誰も彼もが己のせいだと言うが、悪いのは布施どのを攫った連中で、檜川にも温子どのにも罪はない」

鷹矢がうなだれる二人を慰めた。

「わたしが買いものに行っていれば……」

「拙者がお供をしておれば……」

二人はまだ立ち直れていなかった。

「温子どのが買いものに出ていれば、そなたが攫われていただろう。そうなれば、布施どのが嘆いたであろう」

「檜川が供につけるはずはないだろう。おぬしは拙者の警固として御所まで行列に加わっていたのだ」

鷹矢が二人に現実を告げた。

「今は後悔のときではない。どうにかして布施どのを取り返すことを算段すべきである」

「はい」

「わかりましてござる」

やることをまちがえるなと言った鷹矢に、温子と檜川がようやく嘆くのを止めた。

「檜川、そなたはこの周囲を訊いて回れ。かならずや、布施どのを攫った連中を見ている者がおるはずだ」

「はっ」

鷹矢の指示に檜川が駆け出していった。

「わたしはなにを……」

温子が指示を求めた。

「…………」

鷹矢は戸惑った。

温子は南條蔵人の娘として、大きな意味合いを持つ。温子を手にすれば、いくらでも証言をねつ造できる。それこそ、南條蔵人が禁裏付役屋敷へ躍りこんだことに義を持たせられる。そうなれば、罪に問われるのは南條蔵人ではなく、鷹矢になる。

「そなたを外に出すわけにはいかぬ」

「…………」

宣言された温子が沈黙した。

「理由はわかっておるな」

「……はい」

温子が力なくうなずいた。

「少なくとも南條蔵人の処分が決まるまで、屋敷からは出るな」

「わかりました」

釘を刺した鷹矢に、温子が応じた。

「その代わり、ここですべての話を管理せよ」

「話の管理……」

鷹矢の言葉に温子が怪訝な顔をした。

「檜川が集めてきたこと、今から拙者が出ていって調べてきたこと、同心たちが町で聞き取ってきたことなどを、すべてそなたに預ける。それを整理し、布施どのがどうなったかを、そなたが読み取るのだ」

「わたしが、弓江さまの居場所を見つける」

「そうなる。やれるな」

「やりまする」

確認した鷹矢に、温子が勢いよく首を縦に振った。

「よし。では、早速、拙者も出てくる」

「どちらへ」

「京都東町奉行所」

問われた鷹矢が答えた。

京都東町奉行所は百万遍から見て、京都所司代をこえたところにある。どれだけ焦っていたとしても、禁裏付が京の町を走っては目立つ。鷹矢は気持ちを抑えながら、早足で京都東町奉行所へと向かった。

「禁裏付東城典膳正である。京都東町奉行池田丹後守どのにお会いしたい」

「少々お待ちを」

京都東町奉行所の門番が、急いでなかへ報せに入った。

「どうぞ」

すぐに門番が戻ってきて、鷹矢を池田丹後守のもとへと誘《いざな》った。

「お忙しいところ、無理をお願いした」

不意の来訪を鷹矢は詫びた。

通常、役職に就いている者が別の役目の者のところへ行くには、前触れを出して都合がいいかどうかを問う。それを鷹矢はせず、いきなり面会を求めたのだ。謝罪するのが礼儀であった。

「いや、それはよろしいが、いかがなさった」

詫びは不要と言った池田丹後守が、緊急の用とはなにかを尋ねた。

「じつは……」

鷹矢が経緯を語った。

「若年寄安藤対馬守さまご家中の娘御が、攫われたと」

「さようでござる」

繰り返した池田丹後守に鷹矢は首肯した。

「南條蔵人の一件でござろうな」

「ご存じでございましたか」

「あるていどは」

すべてを理解しているわけではないと池田丹後守が述べた。

「詳細をお聞きくださるか」

池田丹後守が暗に要求しているとわかった鷹矢は、頼みごとをする側として下手《したて》に出た。

「お願いしたい」

「では……」

鷹矢は温子が禁裏付役屋敷に来たところ、つまりは最初から語った。

「……むうう」

聞き終わった池田丹後守が唸った。

「二条大納言さまがそこまで……」

「次の左大臣を狙っておられるとか」

ため息を吐いた池田丹後守に、鷹矢が噂を口にした。

太政大臣《だじょうだいじん》は、常設の職ではなく、格別なときにだけ置かれる。普段は左大臣、右大臣、内大臣の三人で朝廷を運営する。そしてこの三大臣のなかでは左大臣がもっとも格上になった。

「一条右大臣さまの上……」

「いかにも」

池田丹後守の発言を鷹矢は認めた。

「そんなときに南條蔵人の騒動があり、その身柄を戸田因幡守さまにお預けした途端、娘御が攫われた。これは、戸田因幡守さまにも事情を訊きたいところでござるが……」

「無理でございましょうな。貴殿も拙者も、松平越中守さまの手として嫌われておりますゆえ」

首を左右に振る池田丹後守に鷹矢は同意した。

池田丹後守は、田沼主殿頭の力が落ちたところで京都東町奉行として赴任したことからもわかるように、戸田因幡守への牽制を松平定信から命じられていた。

「ならば、人手を遣うしかござらぬな」

池田丹後守が手を叩いた。

「お呼びで」

すぐに取次と呼ばれる池田丹後守の家臣で町奉行所役人との仲立ちをする者が顔を出した。

「筆頭与力をこれへ」

「ただちに」

取次が下がっていった。

「東町奉行所の同心を動員して、洛中を探させまする」

「かたじけなし」

池田丹後守の協力を取り付けた鷹矢は、己も動くべく、その場を辞去した。

弓江は砂屋楼右衛門の御堂に連れこまれていた。

「お初にお目にかかりまんな。堂守と覚えておいていただけますやろうか」

砂屋楼右衛門が名前を隠した。

「そなたなにをしでかしたかわかっておるのか」

手足を縛られた弓江が砂屋楼右衛門を睨みつけた。

「随分と勢いのええ娘はんやな。江戸のお方かいな」

砂屋楼右衛門が弓江に訊いた。

「若年寄安藤対馬守家中で留守居役《るすいやく》を務める布施孫左衛門《まござえもん》の娘じゃ。無体は許さぬぞ」

弓江が気丈に告げた。

「若年寄さまの……。これはあとあと面倒になるなあ」

弓江の名乗りを聞いた砂屋楼右衛門が少しだけ眉をひそめた。

安藤対馬守が松平定信からの指示で、人身御供《ひとみごくう》として鷹矢に差し出したのが弓江である。その弓江が攫われて傷物《きずもの》にされた、あるいは殺されたとなれば、安藤対馬守が松平定信から叱られる。いや、下手をすれば役に立たないとして、見捨てられることにもなりかねない。若年寄では満足できず、将来は老中にと願っている安藤対馬守としては、弓江の無事はなんとしてでも守らなければならないのだ。

「雀、ちょっと早まったやないか」

「す、すんまへん。でも、禁裏付の許嫁やと言いますし……」

砂屋楼右衛門に叱られた雀が小さくなった。

「ほう。それは興味深いな。かというて、勝手したのはたしかや。雀、やってしもうたことはしゃあないけど、この埋め合わせはさせるで」

「……はい」

じろりと見られた雀が震えた。

「さっさとわたくしを解き放ちなさい」

「そういうわけにもいきまへんわ。顔も見られたし、御堂も知られた。このまま帰したら、明日には捕り方が、雲霞《うんか》のごとくここを取り囲みますよってな」

弓江の要求を砂屋楼右衛門が拒んだ。

「わたくしを害するつもりか」

「最後はそうなりますなあ。申しわけないですけど」

見られたからには殺すと言われたに等しい。弓江の疑問をあっさりと砂屋楼右衛門が認めた。

「…………」

弓江が黙った。

「安心しなはれ。今すぐは殺しまへん。あんたはんには、禁裏付はんを呼び出すための餌と、いざというときの人質になってもらわなあかんのですわ」

「東城さまを誘き出す……そんなまねを……がっ」

「危ないなあ。気を付けといてよかったわ」

事情を知った弓江が舌を噛もうとしたが、あらかじめ予測していた砂屋楼右衛門によって口を押さえられて失敗した。

「雀。そこの箸を手拭いで包み。そうや。それを口に噛ますんや。そうすれば、箸が邪魔して舌は噛めへんなる」

砂屋楼右衛門が弓江の口を押さえたままで指示した。

「これでよろしいん」

手拭いで巻いた箸を雀が弓江の口へ宛がった。

「ずれんように、上からもう一枚手拭いを被せて、首の後ろでくくり。よっしゃ」

「あい」

雀が言われたとおりにした。

「ううううう」

轡《くつわ》を嵌められた弓江が唸った。

「明日までの辛抱や。よかったやないか。ここで愛おしい禁裏付はんと一緒にあの世へ行けるんや。ああ、心配せんでもええで。ちゃんと一つ墓穴に埋めてあげるさかいな」

砂屋楼右衛門が笑った。

「さて、雀」

「はい……」

呼ばれた雀が叱られると身を固くした。

「こいつを見張っておけ。目を離すな。他の者にいたずらさせるなよ。下手をすれば死なれるからな。大事な人質だ。しくじったら、新しい雀を作る」

「は、はい」

闇の親分から不要と言われれば、それは死を意味する。砂屋楼右衛門に命じられた雀が、何度も何度も首を上下させた。

「御守さまは……」

「桐屋と会《お》うて来る」

告げた砂屋楼右衛門が御堂から出ていった。

三

鷹矢は東町奉行所を出た足で、枡屋茂右衛門を訪ねた。

「……布施さまが……」

事情を知った枡屋茂右衛門が絶句した。

「油断した」

「気に病むのは後で。今は、布施さまの行方を探すのが第一」

臍《ほぞ》を噛んだ鷹矢を枡屋茂右衛門が諌めた。

「わかっている。檜川たちのことを言えぬ」

鷹矢が気を取り直した。

「わたくしも動きますが、土岐はんでしたか、あの御仁の協力をもらえまへんか」

「土岐の住居を知らぬ」

一人でも多いほうがいいと言った枡屋茂右衛門に、鷹矢が首を横に振った。

「たぶん、もうすぐお屋敷へお出でやと思いますわ。あの御仁は、普通のお人やおまへん」

「ああ。ひょっとすると、噂に聞く天皇の隠密ではないかと思う」

「そんなお方がいてはりますねんや」

枡屋茂右衛門が驚いた。

「あくまでも噂だがな。戦国どころか、はるか大和《やまと》のころから、天皇家に仕える忍《しのび》がいるとか。聖徳太子の一度に十人の話を聞き分けたというのも、あらかじめ忍がその十人がなにを言うかを調べていたからできたと言われている」

「ほうう」

鷹矢の話に枡屋茂右衛門が感心した。

「忍というのをわたくしは存じませんが、あんなに目立つもんなんですやろか。陰で動くのが忍やと思いますけど……土岐はんは、ちいと前に出すぎやないかと」

「たしかにそうだな」

鷹矢も枡屋茂右衛門の疑問に同意した。

「まあ、土岐はんの正体を見極めるのは、後でよろしおますやろ。まずは、布施さまを助けることが先決」

「であるな」

鷹矢が首肯した。

「行商のもんを司る親方に声かけてきますわ。洛中で行商人が入られへんのは御所と二条城だけですよって」

「助かる」

一礼して鷹矢が去っていった。

「ああも簡単に頭を下げられるお武家はんがどれだけ珍しいか……しゃあさかいほっとけへんねん」

見送りながら枡屋茂右衛門が唇を緩ませた。

霜月織部は、御堂の手前、お浪のやっている線香屋の手前で忍んでいた。

「嫌な位置にあるな」

線香屋がその奥にあるものの見張所だと霜月織部は気づいていた。

「なかにいる者を除いて四名……」

徒目付のなかでも数少ない隠密担当であった霜月織部は武芸に優れている。武芸は極めると、他人の気配をかなり遠くから感じることができた。

「あの布陣では大回りもできぬな」

線香屋を迂回して、弓江が運ばれた奥へ進むのは難しかった。

「津川の不在がこれほど響くか」

同役の津川一旗もかなりの遣い手である。二人いれば、この見張所を制圧するのも困難ではないが、今、津川一旗は松平定信のもとへ報告のため出向き、京にはいなかった。

「布施の娘を掠《かす》ったのは、東城への牽制だろう。問題は、あの無頼たちの後ろに誰がいるのかだ。それがわかるまでは迂闊な手出しはできぬ。戸田因幡守なのか、公家なのか、あるいはその他の者か。いずれにせよ、越中守さまに敵対する者、そやつの正体を明らかにせねばならぬ」

田安家にまだ松平定信がいたころ、その側近くに仕えていた霜月織部と津川一旗は、その才に心酔していた。松平定信が田安家を出され、霜月織部と津川一旗が田安家から御家人へと戻ってからも、二人の忠誠は変わっていなかった。

そんな霜月織部にとって、鷹矢でさえ道具でしかない。弓江の生死などどうでもいいのだ。役にさえ立てば、死のうが、汚されようが、気にする意味さえなかった。

「誰か来た」

線香屋の向こう、弓江が連れ去れたほうから一人の男が歩いてくるのが霜月織部の目に入った。

「…………」

霜月織部が長く伸びた雑草のなかに身を沈め、ようすを窺った。

「御守さま、お出かけどすか」

線香屋からお浪が砂屋楼右衛門を見つけて出てきた。

「ああ。桐屋と会って来る。雀に後を預けてあるが、あいつは思慮が浅い、気を付けておいてくれ」

「あい。お気を付けて」

砂屋楼右衛門の指示に、お浪がしなを作って答えた。

「……桐屋。最近うろついている大坂の商人だな。その商人が、こいつらとどういう関係がある」

霜月織部が首をかしげた。

「どうする……あの男を尾けるか、このまま見張るか」

遠ざかっていく砂屋楼右衛門の姿を目で追いながら、霜月織部が悩んだ。

「いや、ここがあいつらの根城《ねじろ》らしい。桐屋の居場所はいくらでも調べようがある」

商人は店があるかぎり、そこに顔を出す。

「布施の娘を他に移されるほうが、面倒だ」

霜月織部は、そのまま線香屋を見張ることにした。


禁裏付役屋敷へ帰った鷹矢は、居室に留めている温子のもとへ急いだ。

「お戻りなさいまし」

温子が鷹矢の帰還に腰をあげた。

「弓江さまは……」

「……わからぬ」

勢いこんで訊く温子に鷹矢が首を左右に振った。

「手配はしてきた。そちらはどうだ」

今度は鷹矢が問うた。

「まだ、どなたも」

温子が目を伏せた。

「そうか。まだ一刻ほどにしかならぬ。無理もない」

慰めるというより、己に言い聞かせるように鷹矢が口にした。

「戻りましてございまする」

しばらくして檜川が顔を出した。

「ご苦労であった。で、どうだ」

まずねぎらってから、鷹矢が成果を尋ねた。

「近隣に訊いて回りましたが、あいにくこの辺りは、町屋は少なく、公家屋敷あるいは大名の京屋敷が多く、さほど見ていた者はおりませんでした。申しわけございませぬ」

禁裏付役屋敷の真正面は仙洞御所とそれに付随する厩《うまや》である。しかも出入り口は寺町通りに向いてはいなかった。

「かなり遠くまで行ってきたようだな。よくやった」

近隣を訊いて回るだけなら、京都東町奉行所から錦市場の枡屋茂右衛門へと足を延ばした鷹矢より早く禁裏付役屋敷に戻っていなければならない。

それが鷹矢よりも遅かったとなれば、随分遠くまで聞き込んできたとわかる。鷹矢が檜川を褒めた。

「寺町通りを移動していた者はおったでしょうが……」

「じっとしているはずはないな。仕方ない。とりあえず、休め」

悔しそうな檜川を鷹矢は慰めた。

「いえ、もう一度……」

「よい」

腰をあげようとした檜川を鷹矢が制した。

「ですがっ」

「落ち着け。そなたが焦ったところでどうにかなるものではない。それより、布施どのの居場所がわかって奪還にでるとき、そなたが疲れていては困る。出撃は今夜かも知れぬのだ。わかっているのか、そなたが我らにとって最大の戦力である。そのそなたが、いざというとき疲弊していては、困る」

責任を強く感じている檜川が喰い下がろうとした。

「……………」

檜川が沈黙した。

「今は、なによりも無駄なことをせぬのが肝心であるぞ」

「浅慮でございました」

もう一度諭《さと》した鷹矢に、檜川がうなずいた。

「温子どの、檜川に腹一杯喰わせてやってくれ。いざというとき空腹では戦えぬ」

「はい」

温子が台所へ向かった。

「御免」

檜川がその後にしたがった。

「喰えるだけましか……とても夕餉は入りそうにないな」

鷹矢が苦い顔をした。

「景気の悪い顔してはったら、貧乏神が取り憑《つ》くと言いまっせ」

土岐が案内も乞《こ》わずに入ってきた。

「来てくれたか」

無礼を咎めず、鷹矢は安堵の息を吐いた。

「ほう、頼りにしてくれてますねんな」

土岐が笑った。

「なんでも手伝いまっせ。あの気のきつい武家の女《おなご》が攫われたそうで」

「よく知っているな」

鷹矢が驚いた。

「あちこち訊いて回らはったんでしょうなあ。すでにこの辺りでは噂になってますわ」

檜川の行動がおおもとだと土岐が告げた。

「……まずかったたか」

弓江が攫われたと世間に知られるのは、あとあとの評判にかかわってくるとようやく鷹矢は気づいた。

「かまいまへんよ。結構、洛中で人攫いは出まんねん」

土岐が手を振った。

「そんな話は池田丹後守どのから聞かされなかったが」

鷹矢が首をかしげた。

「公家のなかの話ですよってな。前に娘を捨てるという話をしましたやろ」

「娘を系譜から外して、商人や裕福な武家の妻、あるいは側室に出すのであったかな」

土岐の確認に鷹矢が応じた。

公家は血筋がなによりであり、武家や商人を下に見ている。だが、ほとんどの公家には金がない。そこで借財の形《かた》あるいは援助の礼として、娘を差し出すのだ。代々の婚姻を重ねてきた公家の娘は、美形が多いので、武家も商家も喜んで受け取る。だからといって、娘を格下に金と交換したとわかれば、名前に傷が付く。そこで娘を捨てたとして縁を切った体を装うのである。

「それより悪いのが、娘が攫われたですわ。捨てようにもなにかしらあって引き取り手のない娘を金に換えなあかんときに使いますねん」

「……遊女にするのか」

「さいでおます」

鷹矢の推測を土岐が認めた。

「もちろん、弾正台や検非違使《けびいし》、町奉行所に届け出はしまへん。そんなことをして、万一、探されたらえらいことになりますよって。その代わり、娘がいたことを知っているところへ、攫われてしまったと報せて回りますねん。そうすれば、たとえ島原や大坂の島之内で娘そっくりな女が見つかっても、家に傷はつきまへん。攫ったやつが売り払った不幸ですみますよってな」

「……なんとも」

聞かされた鷹矢がため息を吐いた。

「そこまで公家を追い詰めたんは、幕府でっせ」

不意に土岐の声が低くなった。

「……………」

「あてらみたいな仕丁や雑司まで、贅沢させてくれとは言いまへん。せめて位階を持つ公家が娘を普通に嫁にやれるようにしてもらいたいと思うのは、無理なことですかいな」

「いや、思いはわかる」

土岐の主張を否定することは、鷹矢にできなかった。

「主上でさえ、夕餉に魚が付くのは月に片手ほどですねん」

「それは……」

今朝見た光格天皇の姿が、鷹矢の脳裏に浮かんだ。

「いじめるのは、ここで止めときまっさ。今上はんが、典膳正はんのことをお気に召したこっちゃし」

「主上が、拙者を」

「また来いと言うてはりましたやろ。気に入らんかったら、そんなことお口にされますかいな」

目を見開いた鷹矢に、土岐が述べた。

「畏れ多いことだ」

鷹矢が御所に向かって、頭を垂れた。

「布施はんでしたかいな、あの女《おなご》はん」

「そうだ」

「南條の姫さんなら攫われても当然ですけど、布施はんが連れていかれるとは予想外でんな」

「だな。布施どのを攫うだけの理由がわからぬ。わかれば、それで誰がやったかは知れるだろう」

土岐の疑問を鷹矢も持っていた。

「思いあたる節は……ありすぎまんな」

訊きかけた土岐が、苦笑した。

「多すぎて絞れぬ。戸田因幡守、二条大納言、その他の五摂家、そして桐屋」

「それ以外のまだ見ぬ敵というのも考えから外すのは止めたほうがよろしいな」

二人が顔を見合わせた。

「まあ、一つだけ安心できるとしたら、布施はんの命だけは大丈夫っちゅうこってんな」

「どうしてそう言える」

　土岐の意見に鷹矢が険しい顔をした。

「簡単でんがな。最初から布施はんを狙《ねろ》うているなら、連れ去るなんて面倒なまねせんでも、そこで片付けたらすみますやろ」

「なんだとっ」

「落ち着きなはれ。典膳正はんがそんな有様でどないしまんねん」

　気色《けしき》ばんだ鷹矢を土岐が叱った。

「しかしだな」

「わたいを怒ってもなんもなりまへんで。当たるんやったら、掠った奴らにしなはれ。わたいは味方ですすで」

「……そうだったな」

　さっきの檜川と同じだったと鷹矢が苦い顔をした。

「腹立つのは当然ですわ。しゃあけど、頭に血昇《ちのぼ》らせたら、見えるもんも見えへんようになります」

「すまなかった」

鷹矢が詫びた。

「ほな、わたいも出かけてきまっさ。仕丁には仕丁のつきあいというのがおますよって、そっちから探ってみますわ」

「お願いする」

立ちあがった土岐に、鷹矢が腰を折った。


砂屋楼右衛門の訪れに桐屋はいい顔をしなかった。

「あんまり店へ顔を出して欲しゅうないな。誰が見てるかわからへんやろ。おまはんとのつきあいが知られるのはかなわん。ようやく入り口が見えてきたとこやねんで、御所出入りになるという道の」

「大事おまへん。誰もわたいの顔知りまへんよって」

「闇の連中はどうやねん」

「親分連中でなければ、わかりまへんやろう。親分連中なら見ても黙ってますわ。己が同じ立場になったときのことを考えますよって」

砂屋楼右衛門がにこやかに否定した。

「……まあええ。今日はしゃあない。次からは気つけてや」

「わかってます」

あきらめた桐屋に砂屋楼右衛門がうなずいた。

「ほんで、急になんや」

「うちの手の者《もん》が、あの禁裏付の許嫁やちゅう女を攫って来まして」

用件を訊かれた砂屋楼右衛門が告げた。

「なんやて……南條の姫かいな。でかしたがな」

桐屋が喜んだ。

「それが、あいにく南條の姫はんとは違うほうで。なんや江戸の若年寄安藤対馬守の家中の娘やと」

申しわけなさそうに砂屋楼右衛門が言った。

「……若年寄安藤対馬守家中の娘」

桐屋が啞然とした。

「禁裏付役屋敷から出てきたところをかっ攫って来たと」

「南條家の姫とまちがえた……」

「そうやおまへんねん。さすがに南條の姫さんの人相くらいは教えておますから」

「ほな、なんで、そんなややこしい女に手だしたんや」

桐屋が怒った。

「許嫁を攫ったら、禁裏付を誘い出す餌になるやろうということですわ」

「なんちゅう浅はかなまねを」

砂屋楼右衛門の言葉に桐屋が頭を抱えた。

「もちろん、わたしも叱りましたけど、やってしもうたことはしかたおまへん。こうなったら、少しでもええようにするだけ」

「……たしかにそうやが……相手は若年寄安藤対馬守やで。怒らせたら、儂といえども手がない」

大坂町奉行でも無視できないだけの力を桐屋は持っている。だが、それは大坂という地にあればこそで、江戸にまでは及ばない。

「桐屋を捕らえよ」

安藤対馬守から大坂町奉行所へ命が出たら、それを無視することはできない。そんなまねをしたら、大坂町奉行は役人としてだけでなく、旗本としても死ぬ。

「明日には捕吏を向かわせる」

しかし、あらかじめ日時を報せ、逃がすことはできる。さすがに捕まえられなかった責任まで町奉行には負わせられない。多少、出世の傷にはなるだろうが、罷免されるところまではまずいかなかった。

「災い転じて福となすでいきまひょ」

「簡単に言うな」

軽く言う砂屋楼右衛門を桐屋が叱った。

「任せるわ。今後は、こっちから声かけんかぎり、繫がりはなしや」

桐屋が砂屋楼右衛門に丸投げした。

「よろしいんで」

「金は足りてるやろう」

「前のぶんでどうにかせえと」

「そういうことや。さすがに成果なしで追加で金は出せん」

商人らしい理由で、砂屋楼右衛門の無心を桐屋がかわした。

「うまく禁裏付を片付けられたら……」

「後金は払う」

約束はどうなるといった砂屋楼右衛門に桐屋が認めた。

「あと、禁裏付とついでに枡屋茂右衛門も片付けてくれたら、もう五十両出す」

「枡屋茂右衛門……伊藤若冲を」

「そうや」

確かめた砂屋楼右衛門に桐屋が首肯した。

「あいつのおかげで錦市場の乗っ取りが進まへんねん。あいつさえおらへんなったら、話は一気に決まる」

「伊藤若冲は、禁裏付役屋敷の襖絵を描いてましたな、今」

「よう知ってるな」

桐屋が感心した。

「こういったことも耳にいれとくと、意外なところで役に立ちますねん」

砂屋楼右衛門が胸を張った。

「ほな、これで。百両用意しておいておくれやす」

小さく手を上げて、砂屋楼右衛門が帰っていった。

「配下がいまいちか。ちいと不安な」

桐屋が腕を組んだ。

「戸田因幡守はんに話持っていっとくか」

保身は商人の性《さが》である。

桐屋が雪駄《せった》に足を置いた。

四

松波雅楽頭は南條蔵人が戸田因幡守の預かりになったと二条大納言から聞いて、安堵していた。

「これで一安心でございますな、御所はん」

「あほう。どこが安心やね」

気を緩めた松波雅楽頭を二条大納言が怒鳴りつけた。

「南條蔵人は生きてるんやぞ。典膳正の手は離れたとはいえ、相手が戸田因幡守に代わっただけや」

「戸田因幡守は、松平越中守とは敵対してますよって、南條蔵人を引き渡しまへんで」

　叱られた松波雅楽頭が返した。

「……どないしたんや、そなたはもうちょっと頭が回ったはずや。どうも、典膳正が来てから、調子悪いぞ」

　二条大納言が松波雅楽頭を心配した。

「ええか。南條蔵人が越中守の道具にならへんのはたしかやけどな、戸田因幡守が麿、あるいは朝廷への交渉札として使わないという保証はないぞ」

「あっ……」

　言われた松波雅楽頭が顔色を変えた。

「どないしましょ。戸田因幡守に引き渡しを求めまひょうか」

「そんなことしてどないすんねん。それこそ、麿が南條蔵人の一件にかかわっていたと認めるようなもんや」

　二条大納言が否定した。

「ほな……」

「言わなあかんのか」

指示を求めようとした松波雅楽頭に二条大納言が告げた。

「…………」

松波雅楽頭が黙った。

「わかったな。麿はもう知らん。そもそも麿がたかが六位の蔵人なんぞ、知っていることがおかしいねん」

手を振って二条大納言が松波雅楽頭を下がらせた。

「……南條蔵人を死なせよとのことやな」

松波雅楽頭が難しい顔をした。

「無頼を雇おうにも金がないし、なにより所司代屋敷に躍りこむわけにもいかん……」

眉間にしわを寄せて、松波雅楽頭が苦吟した。

「所司代屋敷に捕らえられている南條蔵人を殺すのはまず無理や」

まだ禁裏付役屋敷のほうが、どうにかなった。

「……ふうう」

しばらく瞑目《めいもく》して悩んでいた松波雅楽頭が目を開いた。

「一つだけ方法はある」

松波雅楽頭が決意をした。


むやみに動き回ってもしかたない。鷹矢はじりじりする気持ちを抑えて、禁裏付役屋敷で報せを待っていた。

「いてはりますか」

枡屋茂右衛門が訪れて来た。

「おう、入ってくれ」

鷹矢は自室へ枡屋茂右衛門を招き入れた。

「お待たせをいたしました」

枡屋茂右衛門が一礼した。

「手がかりが見つかりました」

「なんと……」

朗報に鷹矢が腰を浮かせた。

「まだ、布施さまを発見でけたわけやおまへん。ただ、女を肩に担いで走っていった男たちがいたのを行商人が見てました」

まだ浮かれる段階ではないと枡屋茂右衛門が釘を刺しながら、告げた。

「いや、それでも助かる。なにもなかったところに、一筋の灯りである」

鷹矢が感謝した。

「よろしいか。一回、大きく息を吸って吐いて……結構ですわ。いきなり、飛び出したりしたらあきまへんで」

念を押してから、枡屋茂右衛門が話を始めた。

「荒神橋のたもとで休憩していた棒手振《ぼてふり》が、東へ、会津松平さまのお屋敷のほうへ駆けていく男三人、女一人を見てました。男の一人が、島田髷の女を担いでいたとも申しております」

「荒神橋といえば、この屋敷の南側の辻を東、鴨川にかかっている橋だな」

「そうですわ」

確認した鷹矢に枡屋茂右衛門がうなずいた。

「まだでっせ。慌てたらあかんと言いましたやろ。もう一つ」

枡屋茂右衛門がそわそわした鷹矢を抑えた。

「もう一つを聞かせてくれ」

鷹矢が身を乗り出した。

「おい、入っておいで」

「へい」

枡屋茂右衛門の声に、廊下から応答があり、老爺が一人現れた。

「この者は……」

「祇園さんの前で甘酒を売っている男ですわ。金蔵《きんぞう》、禁裏付の東城さまや。ご挨拶をしい」

「甘酒売りの金蔵と申しますねん。お見知りを」

ひょこっと首だけを下げて、金蔵が名乗った。

「禁裏付東城典膳正である。本日はご苦労であった。これを」

鷹矢は懐から紙入れを出し、二分金を一枚金蔵に握らせた。

「に、二分……」

二分は一両の半分、銭にしておよそ三千文になる。一杯十二文の甘酒だと、じつに二百五十杯以上になった。

「よ、よろしんで、枡屋の旦那」

金蔵が枡屋茂右衛門の顔色を窺った。

「遠慮せんでええ。もろとき」

枡屋茂右衛門がうなずいた。

「おおきに、おおきに」

二分金を一度額に押し当てて、金蔵が懐へしまった。

「話を聞かせてくれ」

はやる心を抑えて、鷹矢が訊いた。

「へい。わたいはいつも祇園さんの門前を下ったところで甘酒を売ってますねん」

まず金蔵が、己の居た場所を告げた。

「あれはお昼前でしたわ。そろそろ弁当を使おうと思うてたところに、駆けこんできた連中がいてましてん。そいつら、よほど慌ててたのか、わたいの荷を蹴飛ばしていきおったんですわ」

甘酒の入った桶を蹴飛ばされてはたまったものではない。思い出した金蔵が、腹立たしげな顔をした。

「商売のもとを無駄にされては、黙ってられまへん。ちょっと待て、弁済せんかい、金寄こせと叫びながら、後を追ったんですわ」

「どこへ行った」

鷹矢が期待をした。

「それが、一番最後を走っていた女が、小銭を投げつけてきましたんで……」

申しわけなさそうに金蔵が告げた。

「小銭に気を取られて見失ったということか」

「……すんまへん」

ため息を吐いた鷹矢に、金蔵が頭を下げた。

「いや、仕方ない。商売の品をむだにされたとあれば、無理のないことだ」

鷹矢は手を振った。

江戸でも京でも、庶民の暮らしは厳しい。それこそ一日二百文ほどで、己と家族の衣食住を賄っているのだ。甘酒の代金には足りないだろうが、目の前にある小銭を無視できなくて当然であった。

「最後に見たとき、連中はどこへ向かっていた」

「南禅寺はんのほうへ向こうてました」

鷹矢に問われた金蔵が答えた。

「そうか」

「こんなんでよろしいんか」

二分という大金に見合うのかと金蔵が不安そうな顔をした。

「心配しいな。典膳正はんは、一度出したもんを返せと言いはるほど吝《しわ》いお方やおまへん」

「……ああ」

枡屋茂右衛門の言葉に、金蔵の緊張が解けた。

「金蔵、もう一つ尋ねるが、そなたに小銭を投げつけた女の顔を覚えているか」

ふと鷹矢が思いついた。

「覚えてますわ。髪は串巻きとかいうやつで、縦縞の小袖着て、顔は瓜実顔《うりざねがお》で目は切れ長、鼻も口も小そうて……そのくせ乳と尻はずいぶんと張ってましたわ」

「よく覚えているな」

細かいところまで見ている金蔵に、鷹矢が感心した。

「あれだけええ女は、滅多に見まへんし、一生懸命に走ってたからか、襟がくずれて……」

金蔵が歯を見せて笑った。

「よろしいか」

枡屋茂右衛門が金蔵を帰してよいかと問うた。

「ああ。ご苦労だったな。助かった。もし、その女を見かけたら、報せてくれ。礼はするぞ」

「へい。どうもおおきに」

礼を言って金蔵が去っていった。

「枡屋どの、かたじけない」

鷹矢が腰を折った。

「いえいえ」

枡屋茂右衛門が手を振った。

「南禅寺のほうへと申しておりましたな」

「でしたな。とはいえ、南禅寺へ行ったとは思えまへん」

　鷹矢の発言に枡屋茂右衛門が応じた。

「南禅寺を知っているのか」

「納所《なっしょ》はんに、うちの青物を納めさせてもろうてますねん」

　つきあいがあると枡屋茂右衛門が述べた。

「南禅寺はんは、臨済宗の本山ですわ。葷酒山門《くんしゅさんもん》に入るを許さずの戒律を厳密に守ってはる修行のお寺はんとして知られてますわ」

「女が、それも身を崩したような女が悪事を働いて頼っていくところではない」

「そうですわ」

「枡屋どのが言うならば、まちがいなかろう」

　鷹矢は枡屋茂右衛門を信用している。その枡屋茂右衛門が言うなら、南禅寺は大丈夫だと鷹矢は納得した。

「南禅寺の辺りはどうなって」

「民家はほとんどおまへん。東山の麓《ふもと》でっさかい」

　訊いた鷹矢に枡屋茂右衛門が言った。

「今から……」

「…止めとかはったほうがよろしい。地の利のないところへ、暗《くら》なってから行くのは、相手の罠にはまるようなもんでっせ」

「……」

枡屋茂右衛門の助言に鷹矢が辛そうな顔をした。

「そんな顔しはったらあきまへん。もっとも辛いのは、布施さまですけどな、南條の姫はんもきつい想いをしてはります。その南條の姫はんに、典膳正はんが険しい顔を見せたら、より責任を感じはりますやろ」

「……そうであったな」

「かならず救い出しはりますねんやろう」

「もちろんだ。布施どのを救い出し、愚かなまねをした者どもを誅《ちゅう》する」

確かめるように問うた枡屋茂右衛門に、鷹矢が強く首を縦に振った。

「ほな、泰然自若《たいぜんじじゃく》とは言いまへんが、その決意だけを顔に出してあげておくれやす。そうしたら、南條の姫はんも安心しはります」

「……ふううう」

大きく息を吸って吐いた鷹矢が、顔を両手のひらで叩いた。

「これでいいか」

「ちょっと顔が紅《あこ》うなってますが、さきほどよりも随分とましですわ」

顔を向けた鷹矢に枡屋茂右衛門がうなずいた。

「夕餉をどういたしましょう」

そこへ戻って来た温子が伺いを立てた。

「湯漬けを頼む」

「……ぶぶ漬けどすか。ご調子が悪いのと違いますやろうか」

温子が心配した。

「武家は、戦《いくさ》を前にしたとき、湯漬けを喰うのだ。かの織田信長公も、今川義元公を桶狭間で迎え撃ったとき、湯漬けを食してから出陣したという。湯漬けは、勝利を得られる縁起のよいものである」

「……はい。すぐにご用意を」

決然としている鷹矢に、一瞬見とれた温子が、ていねいに腰を折った。

「お見事」

枡屋茂右衛門が鷹矢を称賛した。

「典膳正はん、一つお願いがございまする」

姿勢を正して枡屋茂右衛門が鷹矢と向き直った。

「なんだ」

「武士《もののふ》の覚悟というものを見せてもらいたいので、ことが終わるまでご一緒させてもらえませんやろうか」

「……武士の覚悟。そんなものをどうすると」

枡屋茂右衛門の願いに鷹矢が首をかしげた。

「絵に命を入れたい」

「…………」

すっと雰囲気の変わった枡屋茂右衛門に鷹矢が息を呑んだ。

「絵というのは、その風景を写すだけでは意味おまへん。そっくりに描くだけやったら、なにも絵師でのうてもできます。名の知れた絵師より、うまい子供はいてます。でも、その絵に意味はおまへん。その絵は、他人になんの影響も与えまへんよって」

絵の話をしだした枡屋茂右衛門の気配は、普段の好々爺《こうこうや》然としたものではなくなっていた。

「まだまだわたしはそこまで至ってまへん。でも、死ぬまでに他人さまの心に波紋を残せる作品をものにしたいと願ってます。そのためには技量を磨くのはもちろん、肚も練らなあかんと思うてます」

「肚を練るために、武士の戦いを見たいと」

鷹矢は枡屋茂右衛門の願望を理解した。

「お願いいたしまする」

枡屋茂右衛門が静かに頭を垂れた。

「そちらまで気を回す余裕はないぞ」

鷹矢が弓江の救出だけで手一杯で、枡屋茂右衛門の安全まで保証はできないと言った。

「わかってまする」

枡屋茂右衛門が鷹矢をじっと見つめた。

「すでに覚悟はできているように思えるがの」

鷹矢が苦笑した。

「実際に命の遣り取りをしたことのない覚悟なんぞ、修行していない小坊主の悟りみたいなものですわ」

「形だけだというわけか」

「はい」

枡屋茂右衛門が首肯した。

「おまたせをいたしました」

二人分の湯漬けを温子が用意した。

「いただこう。それと温子どの。今晩は枡屋どのが泊まられる」

「では、お部屋の用意を」

客間の準備をと言い出した温子を鷹矢が制した。

「いや、よい。今宵は、ここで拙者と二人で休む」

「それは……」

居室での就寝を許す。それがなにを意味するか。枡屋茂右衛門ほど世慣れた者にわからないはずはなかった。

「ともに戦ってくれるのだろう」

「……畏れ入りまする」

戦友だと言った鷹矢に枡屋茂右衛門が頭を垂れた。

桐屋のもとから御堂へ帰ってきた砂屋楼右衛門は、お浪を始めとする手下のなかでも重きをなす者を集めた。

「御守さま、浪、龍、虎、亀、雀の小頭、揃いましてございまする」

お浪が代表して集合を報せた。

「虎も帰ってきて早々ご苦労やな」

「無事に、果たして参りました」

虎と呼ばれた大男が手を突いた。

「見事にしてのけたと聞いている。浪、後で虎に褒美をな」

「いつも通りで」

「ああ、半金を渡してくれ」

指示の確認をしたお浪に、砂屋楼右衛門がうなずいた。

「ありがとう存じまする」

仕事で砂屋楼右衛門が依頼人から受け取る半額を担当した小頭がもらえる決まりであった。

「さて、今回の仕事は雀のおかげで面倒になり、その代わりに儲けもおおきくなった。今回の仕事の約定は、百五十両だ」

「百五十……」

龍が息を呑んだ。

「当然、相手はこれ以上ないという難敵じゃ。ゆえに、小頭四人で働いてもらう。七十五両の分配は、目標を討ち取った者に二十五両ずつ、残りを他の者で分ける」

「ずつ……相手は一人やったんと違いましたん」

砂屋楼右衛門の言葉に、雀がひっかかった。

「五十両はもう一人の分だ」

「禁裏付を片付けなあかんときに、もう一人はちときつうおますな」

龍が眉をしかめた。

「大丈夫や。禁裏付とかかわりのある者やからな」

「禁裏付とかかわりのある者……桐屋の仕事となると……枡屋茂右衛門ですやろか」

手間はかからないと言った砂屋楼右衛門に、亀が気づいた。

「さすがは亀やな。そうや。錦市場を支配するには、枡屋茂右衛門が邪魔だそうや」

砂屋楼右衛門が首を縦に振った。

「なるほど」

亀が呑みこんだ。

「目は置いてるな、亀」

「へい。百万遍の禁裏付役屋敷には、三人配置してま」

頭領の念押しに亀が応じた。

「よし。あと一日、このままで行く。せいぜい禁裏付を焦らせるで。人は焦燥《しょうそう》すると、周りが見えんようになる。普通やったら気がつく罠にも落ちてくれるよってな」

「では……」

笑う砂屋楼右衛門に雀が問いかけるような声を発した。

「許嫁を攫われて眠れぬ夜を二日過ごしたなら、どれほどの達人でも実力は発揮できまい。そうなれば、容易に討ち取れよう」

砂屋楼右衛門がふざけたような口調を止めた。

「明後日の夜明けと同時に呼びだしをかける。禁裏付へは龍が向かえ。枡屋茂右衛門は亀が誘い出せ」

「承知」

「任せておくれやすな」

龍と亀が指示を受けた。


一夜は明けた。

「いや、肚をくくったお武家はんを甘く見てましたわ」

朝餉の席で枡屋茂右衛門が驚いていた。

「よう寝たはりましたな」

熟睡していた鷹矢に枡屋茂右衛門が感心していた。

「今日中に救い出すと決めた。ならば、朝から走り回ることになろう。寝ていなければ保つまいが」

湯漬けをかきこみながら、鷹矢が応えた。

「迷いを捨てる……むうう」

枡屋茂右衛門が箸を止めて唸った。

「ためらいは、失敗のもとだ。槍はまっすぐに突きだしてこそ、相手を貫ける。穂先がぶれては、どれだけの名槍でも竹槍に劣る」

「ですなあ。筆も一緒ですわ。この線どうしようと考えながら引いたら、かならずゆがみます」

枡屋茂右衛門がうなずいた。

「おはようさんで。すんまへん、典膳正はん、なんぞ喰わせておくれえな」

そこへ疲れ果てた土岐が入ってきた。

「湯漬けしかないぞ」

鷹矢が己の茶碗を差し出した。

「ありがたいことで」

土岐が湯漬けをあっという間に二杯片付けた。

「……ふうう、人心地ついた」

大きく土岐が息を吐いた。

「御馳走はんでした」

土岐が姿勢を正した。

「典膳正はん、まだ裏付けが取れたわけやおまへんけど、どうやら今回の掠りは、朱《す》雀《ざく》と呼ばれる女無頼がやったみたいですわ」

「朱雀……」

「へえ。鬼門の堂守という闇の親方がいてまんねん。その配下が四神《しじん》と呼ばれて、青《せい》龍《りゅう》、白虎《びゃっこ》、朱雀、玄武《げんぶ》と名乗ってるらしいんですわ」

「その一人が、布施どのを攫ったと」

「まだ確実ではおまへんけど、一昨日くらいから、この辺りで朱雀を見かけたという仕丁がいてました。朱雀は京ではあんまり見ない風体してますよって、目立つようで。もっとも誰も顔ははっきり覚えておらず、身体つきばっかり見てますねんけどな」

土岐が苦く笑いながら報告した。

「訊いてくれたのか」

「手当たり次第にその辺の公家はんの雑司に声かけましてん。えらい手間でしたし、ちいと酒も呑ませたりしたんで……」

「わかっている。あとで礼はする」

土岐の言いたいことを鷹矢は読んだ。

「で、その鬼門の堂守というのは」

肝心なことを鷹矢は尋ねた。

「はっきりとはしてまへん。その正体も公家の落とし胤《だね》やとか、西国浪人やとか、潰れた店の主やったとか、言われてますけどな」

「正体なんぞ、なんでもよい。居場所はわかるか」

「細かいところまではわかりまへんが、どうやら南禅寺さんの辺りやないかと。その辺で朱雀の姿を見たという話がおました」

「南禅寺」

「典膳正はん」

土岐の返答に鷹矢と枡屋茂右衛門が思わず腰を浮かせた。

「案内をお願いする」

「南禅寺はんへのご紹介でんな」

鷹矢の要求に枡屋茂右衛門が確認した。

「ああ。そのあたりを虱潰《しらみ》しにしてくれるわ」

大きく鷹矢が首肯した。

「ちょ、ちょ、典膳正はん、参内はどないしまんねん」

土岐があわてた。

「体調不良ゆえ、本日はお任せすると黒田伊勢守どのに伝えてくれ。大丈夫だ。黒田伊勢守どのには、南條蔵人のことで貸しがある」

鷹矢が立ちあがった。

「お刀を」

控えていた温子が鷹矢に両刀を差し出した。

「うむ」

鷹矢が両刀を腰に差した。

「ご武運を」

温子が万感の想いをこめた目で鷹矢を見上げた。

「…………」

「お供を」

無言でうなずいた鷹矢が部屋を出るのに、枡屋茂右衛門が従った。

「目釘を確かめておけ」

玄関脇で待っていた檜川に鷹矢が存分に力を出していいと許した。

この作品は徳間文庫のために書下されました。

徳間文庫

禁裏付雅帳七

仕《し》掛《かけ》

2018年10月15日 初刷

著者 上《うえ》田《だ》秀《ひで》人《と》

発行者 平野健一

発行所 株式会社徳間書店

東京都品川区上大崎三―一―一
目黒セントラルスクエア 〒141―8202

電話 編集〇三(五四〇三)四三四九
販売〇四八(四五一)五九六〇

振替 〇〇一四〇―〇―四四三九二

印刷
製本 大日本印刷株式会社

ISBN978-4-19-894398-1 (乱丁、落丁本はお取りかえいたします)

上田秀人「お髷番承り候」シリーズ

一 潜《せん》謀《ぼう》の影《かげ》

将軍の身体に刃物を当てるため、絶対的信頼が求められるお髷番。四代家綱はこの役にかつて寵愛した深室賢治郎を抜擢。同時に密命を託し、紀州藩主徳川頼宣の動向を探らせる。

二 奸《かん》闘《とう》の緒《ちょ》

「このままでは躬は大奥に殺されかねぬ」将軍継嗣をめぐる大奥の不穏な動きを察した家綱は賢治郎に実態把握の直命を下す。そこでは順性院と桂昌院の思惑が蠢いていた。

三 血《けつ》族《ぞく》の澱《おり》

将軍継嗣をめぐる弟たちの争いを憂慮した家綱は賢治郎を密使として差し向け、事態の収束を図る。しかし継承問題は血で血を洗う惨劇に発展――。江戸幕府の泰平が揺らぐ。

四 傾《けい》国《こく》の策《さく》

紀州藩主徳川頼宣が出府を願い出た。幕府に恨みを持つ大立者が沈黙を破ったのだ。家綱に危害が及ばぬよう賢治郎が目を光らせる。しかし頼宣の想像を絶する企みが待っていた。

五 寵《ちょう》臣《しん》の真《まこと》

賢治郎は家綱から目通りを禁じられる。浪人衆斬殺事件を報せなかったことが逆鱗に触れたのだ。事件には紀州藩主徳川頼宣の関与が。次期将軍をめぐる壮大な陰謀が口を開く。

六 鳴動《めいどう》の徴《しるし》

激しく火花を散らす、紀州徳川、甲府徳川、館林徳川の三家。甲府家は事態の混沌に乗じ、館林の黒鍬者の引き抜きを企てる。風雲急を告げる三つ巴の争い。賢治郎に秘命が下る。

七 流動《るどう》の渦《うず》

甲府藩主綱重の生母順性院に黒鍬衆が牙を剝いた。なぜ順性院は狙われたのか。家綱は賢治郎に全容解明を命じる。身命を賭して二重三重に張り巡らされた罠に挑むが——。

八 騒擾《そうじょう》の発《はつ》

家綱の御台所懐妊の噂が駆けめぐった。次期将軍の座を虎視眈々と狙う館林、甲府、紀州の三家は真偽を探るべく、賢治郎と接触。やがて御台所暗殺の姦計までもが持ち上がる。

九 登竜《とうりゅう》の標《しるべ》

御台所懐妊を確信した甲府藩家老新見正信は、大奥に刺客を送って害そうと画策。家綱の身にも危難が。事態を打破しようとする賢治郎だが、目付に用人殺害の疑いをかけられる。

十 君臣《くんしん》の想《そう》

賢治郎失墜を謀る異母兄松平主馬が冷酷無比な刺客を差し向けてきた。その魔手は許婚の三弥にも伸びる。絶体絶命の賢治郎。そのとき家綱がついに動いた。壮絶な死闘の行方は。

全十巻完結